Le wagon

Du même auteur

Mon roi et moi, La brune, 1999
Je ne viendrai pas, La brune, 2000
Blanche, La brune, 2004
Nur, La brune, 2007, collection Babel, 2008
Enfants perdus, La brune, 2009

L'auteur a bénéficié, pour la rédaction de cet ouvrage, du soutien du Centre National du Livre.

Couverture : Frank Secka et Christophe Paquet
Photo : Le feu dans la nuit. France, juin 2005 © Sophie Chivet / Agence VU

Parc Saint-Joseph – BP 3522 – 12035 Rodez cedex 9
Tél. : 05 65 77 73 70 – Fax : 05 65 77 73 71
www.lerouergue.com

Arnaud Rykner

Le wagon

la brune

En mémoire de G. Rival
et de ses camarades.

Et tout le reste est littérature.
Paul Verlaine

Le 2 juillet 1944 est parti de Compiègne un des derniers trains de déportés.

Le dernier train de Compiègne à Dachau.

Mais il y eut encore des trains de la France vers les camps tout au long de l'été. Très longtemps, et jusqu'au début de l'automne, bien après le débarquement de Normandie, bien après la libération de Paris. Aussi incroyable que cela paraisse.

Dans ce train-ci, de vingt-deux wagons, complétés des wagons d'escorte et d'un wagon de queue, avaient été entassés deux mille cent soixante-six hommes, arrêtés par la police française ou par la Gestapo.

Beaucoup étaient des résistants. Pas tous. Certains étaient des collaborateurs, certains des délateurs. D'autres n'étaient rien. Ils avaient eu seulement le tort d'être un jour à un endroit précis où il aurait fallu n'avoir jamais été.

Pour accomplir un trajet de vingt-quatre heures en temps normal, le convoi 7909 mit plus de trois jours, par une chaleur accablante, dans des régions où l'on enregistra les températures les plus élevées de la période. Les conditions furent telles que soixante-dix-sept heures après son départ, on compta cinq cent trente-six cadavres – ce qui ne laissait plus au camp que mille six cent trente rescapés provisoires, dont beaucoup encore allaient périr sans revoir la France.

La grande majorité des survivants ne témoignera pas pendant des années.

Jusqu'à ce qu'un historien vienne les solliciter, les oblige presque à parler. Les aide à parler de ce train tellement incroyable qu'on l'appela, comme dans un mauvais film de série B, « Le train de la mort[1] *».*

Parmi ceux qui ont parlé, il semblerait que la plupart n'ait laissé ensuite que peu de pages écrites. Beaucoup se sont tus définitivement. N'ont rien dit de plus que les quelques mots qui leur étaient demandés sur cette chose-là, pour ce livre-là.

Je n'aurais sans doute jamais rien su de ce train, si quelqu'un que je connaissais peu ne m'eût appris un jour son existence. Et l'existence dans ce train de quelqu'un qui m'avait été proche. Et, au-delà de cette existence, celle d'un grand silence, d'un manque, d'un trou vertigineux, monstrueux. Un maillon avait manqué dans une histoire qui me touchait, dont je n'avais jamais rien su. J'avais toujours cru que ce genre de trou, de gouffre, pourtant déjà devenu banal, ne s'ouvrait que sous le pas des autres. Alors, sans le savoir vraiment, mon corps a décidé pour moi, ce jour-là, qu'un jour il me faudrait aller plus loin que ces quelques mots échangés au cours d'une conversation d'apparence anodine. Aller plus loin et écrire sur ça, parce qu'écrire m'était depuis longtemps

---

1. Christian Bernadac, *Le Train de la mort*, Paris, Éditions France-Empire, 1973, 367 p.

une nécessité. Ces deux nécessités, écrire et chercher ce qui manquait à l'histoire, ce qui faisait ce défaut dans la chaîne des jours, ce qui faisait le silence d'une ou plusieurs vies, au-delà de la mienne propre - face à elles bien ténue – se rejoignaient tout à coup.

En même temps, j'ai toujours su qu'écrire sur ça m'était interdit. Que je n'en avais pas le droit. Et que je le ferais quand même. Que ce maillon qui m'était interdit, il fallait que je le restitue.

Je n'en avais pas le droit, mais il fallait que je le fasse, et je l'ai fait.

Un peu avant ou un peu après, je ne sais plus – ne le sachant plus, j'ai compris aussi pour moi-même ce que c'était que l'oubli, l'oubli de ce qui est si intense que ça efface le souvenir même, l'enchaînement, l'avant, l'après, la façon dont la vérité vous vient, et vous emporte tout à coup, vous faisant tout oublier de l'ordre dans lequel elle a surgi, et qui est un peu de la vérité elle-même –, j'ai appris autre chose dont je ne pourrai pas ne pas parler. Dont je ne pourrai pas parler.

Alors j'ai décidé quand même de parler de ce train.

Parler de ce train, ce sera aussi parler de cette autre chose interdite.

De cette autre histoire qui n'est pas plus la mienne. Qui est la mienne aussi. Qui est surtout notre histoire à tous.

J'ai pensé qu'il était temps, que même si je n'avais pas le droit de parler pour quelqu'un d'autre, il me fallait parler. Donner une voix à l'autre. Prendre la place de l'autre. Faire parler l'autre en moi.

Cette chose obscène, il fallait que je la tente.

Tout ce qui est raconté ici est vrai. Tout ce qui est inventé ici est vrai aussi. Bien au-dessous de la réalité. Ce n'est pas une fiction.

J'ai dit qu'un historien avait enquêté, reconstitué, interrogé, avec rigueur et précision, des gens du train et hors du train. J'ai lu tout cela, pour ne pas mentir. J'ai lu tout ce que je pouvais, pour ne pas tricher. Ne pas faire le malin. Le moins possible.

Mais même en sachant ce que je savais, en lisant ce que j'avais lu, je ne pouvais que mentir. L'inimaginable doit être imaginé. Là où aucune image ne peut se former, il faut former une image. Une image injuste.

Alors tout ce qui est raconté est faux. Ce n'est pas un livre d'Histoire. L'Histoire est bien pire.

Irréelle.

Ceci est un roman.

Wejn nischt, wejn nischt, klejner josem
Schpor dir trern chotsch dich kwelt,
Schpor dir trern wi briljanten
Sest amol sej darfn sejr.
Mordechai Gebirtig

2 juillet.

Dans trois jours, c'est mon anniversaire.

Dans trois jours, j'ai vingt-deux ans. Le début de la vie, la vraie. La vraie fin de l'enfance.

C'est ce que je me répète.

Dans trois jours, vingt-deux ans.

Le train roule, et ce chiffre dans ma tête. Vingt-deux. Deux fois onze.

Il y a onze mois, mes parents sont partis. Onze mois plus tard, je vais peut-être les rejoindre.

Ou peut-être pas.

Je ne sais pas ce qui m'attend.

Je ne sais pas ce qui nous attend tous ici, serrés à ne plus pouvoir respirer. Serrés comme des animaux que nous ne sommes pas, que nous ne voulons pas être, qu'ils ne nous obligeront pas à être, ou bien si ?

Difficile de penser seulement quand le corps n'en peut plus, quand l'air circule à peine dans les poumons, dans la tête, quand ça se presse dans la tête comme les corps dans ce wagon. Mes maîtres savaient-ils ça quand ils nous disaient l'importance de l'esprit, la supériorité de l'esprit, sa grandeur qui surpasse tout, survit à tout ? Ou bien nous mentaient-ils sciemment ? Leur propre guerre ne leur avait-elle rien appris ? N'avaient-ils rien compris ? Ou nous cachaient-ils ce qu'ils avaient compris, comme si l'espoir passait encore par le mensonge ?

Les coudes de mes voisins dans mes côtes, dans mon dos, contre mon ventre, leur odeur insupportable, la douleur toujours présente, le bruit des roues dans ma tête, ces roues qui me scient la tête, il fallait qu'ils ne connaissent rien de tout cela pour oser nous bercer de mots. J'ai vingt-deux ans bientôt, mais j'ai l'impression d'en savoir plus qu'eux tous réunis. Et où sont-ils maintenant ? combien vivent ? combien sont morts ? combien font partie des puissants, de ces vainqueurs bientôt vaincus qui nous emmènent on ne sait où, vers la boucherie ? combien sont parmi nous aujourd'hui ?

Il doit bien y en avoir parmi nous.

Ils n'étaient pas tous pleins de morgue et de ce savoir pourrissant qui empeste autant que les corps qui me serrent, m'écrasent, plus peut-être que ces corps. Ils n'étaient pas tous pleutres et lâches, pas tous vils, à nous asséner des mots auxquels ils ne croyaient plus, auxquels ils ne pouvaient plus croire.

Ça ne se peut pas.

Certains étaient des vivants, aussi. Je veux le croire.

Je veux croire, même si les cahots du wagon ravivent la trace des coups passés, même si la pression de ces corps, de ces os contre les miens, de toute cette chair qu'on dirait déjà presque décomposée tant elle pue, blesse autant que les coups ; je veux croire que pour certains les mots n'étaient pas vains, qu'ils n'utilisaient pas Homère, Rousseau, Hugo, pour mieux nous endormir, et savourer leur pouvoir sur les pauvres mômes ignares que nous étions. Il doit bien y en avoir parmi nous, il doit y en avoir certains qui croyaient sincèrement que leurs mots pouvaient changer le monde, que les mots n'étaient pas tout à fait vains, qu'ils ne mentaient pas, qu'ils ne nous mentaient pas. Je ne veux pas mourir d'avoir seulement cru à des mensonges. Même si ça pue ici, même si ça suinte de partout, si ça fait mal, si loin qu'on soit de tout ça qui m'a fait vivre, il faut qu'il y en ait parmi nous qui y aient cru, il faut qu'il y en ait qui aient dit vrai lorsqu'ils disaient que notre survie à nous passait par tous ces mots échangés, par tous ces livres lus, par ce pouvoir de la pensée, par ce pouvoir des mots, ce pouvoir de nos regards chargés de tous ces mots. Tous ne peuvent pas avoir menti !

Lequel aurait pensé pourtant qu'on entasserait cent corps dans ce wagon prévu pour « quarante hommes ou huit chevaux en large » ? Et cent corps dans le wagon devant. Et cent dans le wagon derrière. Et vingt wagons, ou plus, pour aller où ? Vingt wagons à la queue leu leu, comme des enfants punis, des enfants honteux, morveux, battus, sales, retenant leur culotte, se retenant pour ne pas souiller leur culotte. Qui pouvait prévoir que nous serions là à nous contracter la vessie, à prier que nos intestins ne se relâchent pas, pas tout de suite, pas avant qu'on trouve autre chose que cette boîte de conserve qu'on se passe comme on peut, de cette boîte que nous sommes bien heureux pourtant d'avoir, de cette boîte qui nous évite d'avoir à utiliser nos quarts pour ça, qui nous évite d'avoir à nous abaisser jusqu'à ça, de cette boîte qui nous éclabousse de son contenu immonde et qu'il me faut tenter de vider par la lucarne ?

Car le sort a voulu que je sois près d'une des lucarnes du wagon, pas assez bien bouchée qu'on n'ait pu écarter suffisamment les lattes qui l'obstruaient. Le sort ou l'instinct de survie, un égoïsme vital qui m'a projeté là sans que je l'aie décidé, prévu, pensé – au point que je ne peux même pas en avoir honte. Même la honte on dirait qu'ils nous l'ont enlevée. Parce que cette maigre ouverture grillagée de barbelés me sauvera peut-être la vie. Qui sait combien de temps on pourra tenir dans ce cachot où l'on étouffe, où l'air manque déjà tant que certains s'évanouissent debout, où la chaleur devient insupportable alors que cela fait moins d'une heure que nous avons quitté Compiègne. Tant pis si c'est à moi de vider la boîte déjà débordante de sanies, faute de tinette dans le wagon, tant pis pour mes mains puantes. Je sais déjà la chance que j'ai d'être ici, même si je sais aussi qu'il me faudra bientôt céder ma place si je ne veux pas devenir tout à fait une bête occupée de soi seul, obnubilée par sa seule survie. Peut-être que cela, les mots passés m'aideront à l'assumer. Déjà pourtant, il me faut les rappeler, les convoquer sans cesse en moi pour ne pas laisser la bête prendre le dessus. Au moins m'aideront-ils peut-être encore à ça, à ne pas céder trop tôt, à tenir un peu plus longtemps.

Tenir ? face à quoi ? à qui ? pour quoi ? pour qui ? plus longtemps que qui ?

Je me pousse comme je peux pour laisser glisser un camarade évanoui qu'on arrive péniblement à hisser jusqu'à la lucarne. Et tandis que les plaintes se multiplient, tandis que les premières querelles montent déjà qui laissent présager le pire dans cette promiscuité insoutenable, cette pression insupportable des autres corps qui pourtant nous fait tenir debout malgré les à-coups du convoi, une voix s'élève, une voix impérieuse, sûre d'elle-même au moment où tout le monde doute, qui nous donne l'ordre de nous asseoir et nous lever à tour de rôle, pour tenter de partager le peu d'air qui nous reste.

– Une moitié debout, l'autre assise, en partant du côté gauche !

Qui a parlé ?

Tout le monde, pour une fois, a envie d'obéir. Tout le monde comprend d'instinct que c'est notre seule chance de « tenir », justement. On n'attendait sans doute que cette voix qui nous dise quoi faire, qui nous intime l'ordre de vivre. Je bénis intérieurement celui qui a encore la ressource de commander.

L'étrange ballet que nous faisons, ainsi entassés, nous levant, nous asseyant à tour de rôle, mus comme par un ressort, un instinct à présent partagé.

Assis.

Debout.

Assis.

Debout.

Assis.

Debout.

À chaque station debout, même si le corps fatigue, le mince courant d'air chaud qui filtre nous fait reprendre un peu courage. Les poumons s'enflent, aspirent la puanteur salvatrice. Ça circule à nouveau un peu dans la tête.

Assis, au contraire, le corps se détend mais l'asphyxie menace.

C'est infernal ce qu'il fait chaud, ce qu'on étouffe. Qu'est-ce que ce sera après midi ?

C'est un jour de grande chaleur comme ceux que nous aimions partager avec mes frères, eux si grands déjà, et moi encore petit. Un de ces jours où ils m'emmenaient l'un après l'autre sur leurs épaules, et où nous nous jetions dans la vague, eux dessous, moi dessus. Un de ces jours où il faisait bon avoir chaud, pour mieux sentir le froid de la vague.

Mais aujourd'hui il n'y a pas de vague, pas de vent. Pas de frères. Que des compagnons de souffrance, de misère.

Certains n'y tiennent pas, tentent de se relever avant leur tour. Il faut toute l'autorité de quelques-uns pour maintenir un semblant d'ordre. Combien de temps ça va durer ? Combien de temps supporterons-nous cette horreur qui monte en nous ?

Du petit baril d'eau qu'on nous a remis à la gare il ne reste déjà plus qu'un fond de liquide bouillant, immonde. Il fait si chaud que, malgré nos efforts pour nous retenir, malgré la discipline que nous avons su garder, nous avons déjà bu la petite moitié qui ne s'était pas renversée dans la bousculade du début. J'ai la gorge atrocement sèche. Jamais je n'ai eu si soif. Et il ne doit pas être dix heures.

Le train ralentit.

Est-ce une gare ?

Je tends le cou vers l'ouverture, tente d'apercevoir quelque chose. Mes camarades m'interrogent. « Tu vois quelque chose ? » Non, je ne vois rien. Il n'y a rien à voir. Quelques arbres. Pas de toit. Personne ici pour nous aider. Une voix me chuchote : « Par moi l'on va dans la cité dolente. » Je voudrais me retourner pour savoir qui parle ainsi, mais je sais aussitôt que la voix est en moi. C'est tout ce qui me reste, peut-être, que cette voix. Celle qui m'accompagne depuis des années à chaque fois que je tombe, voix qui me rattrape au moment de tomber, voix qui me retient par des mots appris, mots des autres appris au long des jours, et que je croyais d'abord inutiles. Tout ce qui me reste de ces jours passe par la voix. Tout ce qui me reste aussi de mon enfance. Voix de mes parents, partis l'année passée. Voix de ma sœur morte. Voix de mes frères peut-être cachés quelque part, et pourquoi pas derrière ces arbres, mes frères venus me délivrer, mes frères qui attendent le bon moment pour prendre ce train d'assaut et me délivrer.

Mais le train repart et mes frères ne sont pas venus.

Au moins est-ce un peu d'air qui rentre avec la vitesse retrouvée.

Certains ont profité de l'arrêt pour jeter des bouts de papier avec leur nom et le nom d'une personne à prévenir, une femme, une mère, un fils. Où ont-ils trouvé de quoi écrire ? Je n'y ai même pas pensé.

Et pourtant le souvenir de mes frères maintenant ne me quitte plus.

À part eux personne ne me regrettera. C'est au moins ça. Pas de femme, pas d'enfants. Il est bon que l'homme soit seul. C'est ce qu'on devrait apprendre aux hommes quand on veut qu'ils se fassent la guerre. Peut-être ne suis-je pas assez seul encore, puisque je peux encore penser à mes frères.

Où sont-ils, à présent ? Je sais qu'ils ont comme moi changé de nom. Tout effacé de ce qui nous trahirait si rapidement. Mais ont-ils pu se cacher ? et leurs enfants ? Je chasse cette idée-là. Si je veux tenir au moins quelques jours, je dois tout oublier, ne pas penser à eux, ne penser à personne, ni à mes frères, ni surtout à mes parents. Ne penser à rien d'autre qu'à ma peau, et à celles contre lesquelles je la frotte à présent, dans la crasse partagée. Comme s'il fallait que j'aie tout laissé dans ce camp d'où nous sommes partis pour peut-être ne pas revenir. Comme s'il fallait que j'abandonne tout : nom, famille, et jusqu'à mes souvenirs.

J'ai chaud.

La tête me tourne.

Autour de moi ça gémit. La fournaise grandit. Il doit faire plus de quarante ici. Est-ce qu'on ne va pas s'arrêter ? Est-ce qu'on ne va pas nous ouvrir ? nous donner à boire ? Nous ne sommes pourtant pas des bêtes. Ou bien si ?

Plusieurs ont enlevé leur chemise, ne gardant que leur pantalon. J'ai fait comme eux, même si le contact de tous ces corps me dégoûte, me fait peur. Mon voisin voit le mien bleui de coups. Il me regarde dans les yeux. Déjà il ne peut plus sourire. Mais son regard me suffit. C'est le regard d'un homme à un homme, d'un qui souffre à un qui souffre, d'un qui doit savoir ce que c'est que les coups, même si son corps à lui semble intact. Je m'abandonne à son regard, comme s'il pouvait me prendre fraternellement dans ce regard. Pas besoin de parler. Ce sera au moins ça qu'ils nous auront donné. Ils nous auront appris à nous taire. À nous taire sous les coups comme sous la caresse d'un regard ami. À taire tout ce qui n'a pas besoin d'être dit comme à taire ce qui doit rester caché, enfoui, hors d'atteinte. Ce regard sans sourire me fait soudain tenir debout.

Je n'ai pas souvenir de m'être retrouvé avec autant d'hommes à demi nus dans une même pièce. Si tant est qu'on puisse parler d'une pièce. Pas eu cette chance de faire « mes classes ». Mes classes, ce fut la guerre elle-même, vite perdue. Inutile de s'engager, c'est ce que j'aurais dû me dire. Mais cette croyance que je pouvais « servir » malgré mon âge. Servir à quoi ? à qui ? À moi-même sans doute, plus qu'à quiconque. Servir…

Je profite de ce que je suis assis de nouveau pour essayer de parler avec mon voisin. Quand on est debout, on n'a plus la force de rien, que de respirer et essayer de tenir sur ses jambes. Assis, on tente d'oublier qu'on étouffe ; on parle à mi-voix, on n'entend pas tout ce que dit l'autre, on ne s'entend pas toujours soi-même, mais tant pis, on parle, on se raccroche à ça, les mots, malgré le bruit des roues, malgré le gémissement des camarades. Mon voisin me dit qu'il est étudiant en pharmacie, qu'il a été arrêté à Paris mi-mai. Il faisait des faux papiers. Il me dit – par humilité ? par bravade ? – : « moins par patriotisme que par besoin de leur faire la nique ». Comme moi on l'a torturé, le dos et les fesses massacrés à coups de nerf de bœuf ; mais il me dit que ça se remet, parfois. Pour lui, maintenant il ne sent presque plus rien. Il m'apprend qu'il a eu de la chance, qu'il aurait dû être attrapé beaucoup plus tôt. Son réseau l'appelait « la Baronne », et les Allemands ont cherché une femme. C'est à ne pas croire. Eux, si méthodiques, si organisés. Si habiles à nous débusquer. Ça le fait rire. Je ris avec lui. Nous rions tous les deux doucement, malgré l'évanouissement qui menace.

Il nous reste encore ça.

Cette force de pouvoir rire d'eux, au bord de s'évanouir, bientôt peut-être au bord de la tombe.

Mais c'est notre tour de nous lever. Fin de la parenthèse. Je me demande si j'aurai encore l'occasion de rire. Nos visages à présent se figent. Seule notre bouche s'ouvre, excessivement. Comme un plongeur qui sortirait de l'eau.

De l'eau.

Cette seule idée me fait mal tant j'ai soif.

Il faudrait ne plus penser. À rien. N'être plus rien.

Je voudrais être mort.

Je suis fatigué.

J'ai dû somnoler un instant. Des cris me sortent de ma torpeur. Un début de bagarre.

Je reconnais la voix de Ladmiral.

C'est pour être avec lui et son équipe que j'ai changé de centaine, en sautant de groupe en groupe sur le chemin de la gare. Heureusement que les camarades m'ont laissé faire, en prenant chaque fois ma place pour reformer la centaine. Je ne sais pas ce qui m'a pris. Je voulais absolument être près de lui. Je l'ai connu dans le fourgon qui nous emmenait de Fresnes à Royallieu. Ça m'a rassuré de le voir parmi nous, comme s'il pouvait quelque chose pour moi, pour nous tous, et j'ai tout fait pour le rejoindre. Ça n'avait pas de sens, mais je l'ai fait. Je l'ai fait sous l'œil angoissé de cette femme qui nous épiait dans les rues de Compiègne déserte. Je l'ai fait sous le regard de cet enfant à qui elle faisait envoyer un baiser aux pauvres déportés. Je l'ai fait pour le faire, pour me prouver que je pouvais le faire, et pour me redonner courage en retrouvant un chef.

Je sais que c'est un type formidable. À la tête d'un réseau. Il a été pris avec toute sa famille. Ils n'ont rien pu faire ; eux pour lui, lui pour eux. Mais il tient bon. Je ne sais pas comment il tient. Je me demande où sont sa femme et ses enfants, ce qu'il doit éprouver à présent ; il n'y a que des hommes dans notre convoi. Partiront-ils aussi, dans un autre train ?

Je comprends qu'avec d'autres il essaie de percer le plancher du wagon. Ils ont dû garder des couteaux sur eux. Ils n'ont pas cédé aux menaces de nous fusiller tous si l'on trouvait un seul morceau de fer sur un seul d'entre nous. Ils n'ont pas jeté comme d'autres ce que la voix du dehors réclamait avant de refermer la porte du wagon. Ils ont gardé de quoi essayer ça, cette chose insensée, folle, magnifique tant elle est sans espoir.

Mais certains s'y opposent. Ils ont peur d'être tués si un seul s'évade. Ceux-là m'écœurent. Comme si de toute façon on n'allait pas finir ainsi. Ladmiral a raison. Déjà avant Compiègne on aurait pu tenter notre chance, et les mêmes, ou d'autres – ils se ressemblent tous –, nous ont retenus. Tiennent trop à leur peau crasseuse.

Je m'en veux de les juger ; je m'en veux de la haine que je sens monter à chaque fois que je vois ces visages de lâches. Mais je n'y peux rien. Les Allemands m'ont enlevé toute indulgence, toute bienveillance. Ils ont fait ça de moi. Je ne veux plus pardonner. Rien. À personne. Si je sors de là vivant, il me faudra réapprendre ; mais pour l'instant, je ne veux pas essayer ; je m'applique à ne pas essayer. J'ai besoin de ça pour tenir, ne pas m'avachir à mon tour. Ne pas pardonner. Ce n'est pas vrai que le pardon rende humain. Pour être humain, pour le rester, je dois garder ma haine à moi, ne pas pardonner. À personne.

Une voix plus aiguë supplie les hommes de Ladmiral d'arrêter. Aussitôt, quelqu'un reconnaît celui qui crie : c'est un petit commissaire de Tarbes ; il a tiré sur un résistant près de Pau. L'autre se défend, il hurle que c'est faux, que ce n'était pas un résistant mais un voleur, qu'il n'a fait que se défendre. Je sens la peur dans sa voix. C'est affreux à entendre, cette peur. Rien que pour la faire taire, je voudrais me joindre aux autres. Nous sommes trop serrés pour que je me faufile jusqu'à eux. Mais je suis prêt à taper dans le tas. J'ai tellement envie de me servir de mes poings, de leur confier toute cette rage que je garde depuis des jours, que je suis contraint de garder en moi. La rage plus forte que la fatigue pour une fois. Mon ami l'étudiant en pharmacie l'a compris et il me retient par l'épaule.

De toute façon, ça ne sert à rien. Ladmiral et les siens semblent avoir renoncé. J'en pleurerais presque.

Alors, tout retombe dans le calme. Le silence est plus effrayant que la bousculade de tout à l'heure. Du plomb sur nos épaules, dans nos poumons.

Combien de temps encore ?

Combien de temps avant d'arriver ?

Combien de temps avant que ça finisse ?

Et combien de temps avant de boire ? Cela devient insupportable, cette chaleur. La langue colle dans la bouche. À moins qu'elle ne soit si gonflée qu'on ait l'impression qu'elle colle au palais. Je tâte ma langue. Je prends un peu de salive pour m'humecter les lèvres parce que ma langue n'y arrive pas. Mais tout est sec aussitôt. Non, pas sec, pas encore tout à fait ; il y a la sueur, un mélange de sueur et de crasse qui se fige, une pâte de peau qui pourrait faire croire à un fond de mare pas encore tout à fait asséchée. Est-ce que ça vit encore sous ma peau ?

Le train ralentit de nouveau.

On n'arrivera donc jamais !

Je me hausse sur la pointe des pieds, appuyant ma main sur l'épaule d'un camarade, pour essayer de voir quelque chose, car je suis loin de l'ouverture. C'est une petite gare, avec un nom à rallonge. J'arrive tout juste à lire deux lettres : *V* et *i*. *V* et *i*, *Vi*. Ça n'est pas possible. *Vi*. Vie. Je ne sais pas si je dois rire de ce que j'ai lu ou si je dois y voir un signe. Est-ce qu'on se moque de nous qui sommes en train de mourir à petit feu ? ou est-ce que quelqu'un, là-haut, est en train de nous faire passer un message ?

Vie.

Il y a de la vie.

Vivez. Ne mourez pas.

Pas encore.

De toute façon, on ne s'arrête pas.

Pas d'arrêt à *Vi*. Ou pas d'arrêt de la vie ? Je me prends, encore une fois, à jouer avec les mots, comme si ça avait encore un sens ici. Je sais bien que ça n'en a pas. Que ça n'en a jamais eu. Que ça n'en aura jamais. La seule chose qui ait un sens, c'est l'eau que je voudrais boire. C'est mon corps qui me fait mal. C'est mon dos qui n'en peut plus. Moi qu'on a toujours dit dur à la souffrance. Oui, je suis dur à la souffrance. Sans cela je n'aurais jamais tenu sous les coups, avant ce train. Mais la souffrance est encore plus dure que moi. Je la sens qui gagne. Et je n'ai même plus cette morgue, cette inconscience qui m'avait fait supporter les hurlements de mes bourreaux, leurs rires, leurs sarcasmes face à ma nudité sanguinolente. Je suis définitivement désarmé. Cette fois-ci, j'ai mon pantalon, mais je suis en train de perdre ma dignité.

Vi.

À tout prendre, il faut que je me raccroche à ces deux lettres, à leur jeu dérisoire, et à ce mot : vie.

Oui, nous sommes passés à Vie-sur-quelque-chose. Il faut le croire. Je dois le croire.

Je n'ai rien vu.

Je n'ai rien compris de ce qui arrivait.

Des mains soudain ont serré mon cou, l'ont serré si fort, avec un hurlement de bête. J'ai vu les yeux de l'homme, exorbité, hurlant, bavant à moitié, j'ai entendu les cris des autres autour de moi, un bruit de lutte tandis que je manquais m'évanouir à mon tour. C'est un des nôtres que la chaleur a rendu fou.

Les camarades qui étaient assis se sont levés. Trois d'entre eux le maintiennent comme ils peuvent tandis que deux autres essaient de me porter pour que ma bouche soit plus près de la lucarne, comme le camarade de tout à l'heure – quand était-ce, déjà ? j'ai déjà vu cette scène. Était-ce déjà moi ? Tandis que je reprends souffle j'entends toujours les cris de l'autre qui s'étrangle, comme s'il avait voulu rejeter sur moi ce qui le menaçait lui, comme s'il avait voulu faire sortir de moi cette horreur qui était en lui, et que cette horreur lui revenait désespérément dans la gorge. Il s'agite à présent, pris de tremblements insupportables sans qu'on puisse seulement l'étendre sur la paille immonde du wagon. Je ferme les yeux. Je l'entends qui râle d'abord, puis qui se tait tandis que son corps s'agite encore en silence. Les yeux fermés, je vois ce corps secoué de spasmes, et je revois celui du camarade pendu à Riom, assassiné par la milice sans qu'on ait rien pu faire, rien tenter. Ces pieds qui ont tremblé si longtemps. Qui tremblent encore dans ma tête, et jusque dans mon dos.

Mon Dieu. Que cela cesse.

Je ne sais pas combien de temps a passé. J'ai dû rester plusieurs minutes dans cet entre-deux, entre ces pieds là-bas et ceux qui frappent le sol du wagon à côté de moi. Je ne comprends même pas comment on a pu finalement l'allonger. Quand j'ouvre les yeux, il est là, par terre, prenant la place de quatre hommes. Je ne sais si je lui en veux plus de ça ou de cet accès de folie qui l'a fait se jeter sur moi.

Je vais mieux.

Je le regarde.

Il doit avoir deux fois mon âge, mais on ne sait plus quel âge on a ici.

Il respire avec peine, les lèvres blanchies, le souffle court ; ça bave partout. Mais il respire. On décide de le laisser couché. Certains protestent et la tension monte de nouveau d'un cran. Une bousculade projette deux d'entre nous sur le corps du malheureux allongé. Un pied lui écrase le ventre et l'autre manque de lui fracasser le visage. Il a le nez et la bouche en sang, l'entrecuisse inondé sans que je puisse savoir s'il s'est ainsi souillé seul dans sa crise, si c'est sa pisse à lui ou celle d'un autre. De toute façon qu'est-ce que ça peut faire, la façon dont on se pissera dessus ou on se conchiera ? Je m'écoute dire ces mots intérieurement et je me moque de moi-même. On est déjà bien au-delà de tout ça, des mots comme de la chose. Et ce temps qui n'en finit pas de passer. J'essaie de me concentrer sur le roulement des roues. Si seulement je pouvais dormir un peu.

Je ferme les yeux.

J'écoute le bruit des roues.

J'essaie de transformer cette scie dans ma tête, derrière mes yeux.

J'essaie de chasser les images qui reviennent, comme si elles n'avaient attendu que ça pour remonter à la surface. Mon arrestation au café de Paris, ce 1er Mai. La peur atroce quand ils m'ont entouré. La surprise que j'ai dû feindre. Cette maîtrise que j'ai eue, que je n'aurais jamais pensé avoir, que j'ai eue quand même. Cet aplomb quand j'ai montré ma fausse carte de police, quand j'ai expliqué que j'appartenais à l'équipe Darnand, que j'étais là pour faire tomber un groupe de terroristes, que le revolver dans ma ceinture et la balle dans le canon s'expliquaient très simplement.

Quand ils m'ont montré l'adresse griffonnée sur un morceau de papier trouvé sur le corps de mon ami Jean, mes mains se sont mises à dégouliner. Je n'ai pas voulu prendre le papier. J'ai fait comme si je ne le connaissais pas. Et pourtant si, je le connaissais ! Je connaissais ces lignes que j'avais moi-même écrites et dont ils auraient facilement reconnu l'écriture si seulement ils avaient pensé me les faire tracer à nouveau. Peut-être ont-ils remis ça à plus tard, incertains, croyant ou faisant semblant de croire ce que je mettais tant d'assurance à raconter, devant cet homme à l'air pas méchant, qui aurait pu être moi autant par son âge que par la fatigue que manifestait tout son visage, la lassitude de son visage.

De la rue des Saussaies, ils m'ont envoyé à Fresnes en attendant de pouvoir vérifier mon histoire. Sursis de quelques jours ou salut définitif. Je n'ai jamais cru au salut.

Je n'oublierai pas les fusillades, presque chaque matin, dans une cour derrière celle où donnait ma cellule. C'est encore elles que j'entends entre les roues du train. C'est encore elles, jusqu'à la fin, jusqu'au dernier instant. Contrairement à ce que je pensais, la mort des autres m'est plus atroce que la mienne. Parce qu'elle est pire que ma mort, qui n'est qu'une idée de ma mort, alors que la mort des autres c'est ma mort vécue, c'est ma mort au présent, regardée, écoutée, auscultée avec horreur. C'est moi disparaissant me voyant disparaître. Oui, ce que je garde de ces jours-là, avant Royallieu, ce sont ces coups de fusil qui me rentraient dans le corps, chaque matin, plus que l'angoisse de ce qui m'attendait, de ce qui ne pouvait pas ne pas m'attendre, puisqu'ils ne pouvaient pas ne pas découvrir bientôt ce que j'étais, à défaut de qui j'étais. Ces détonations sèches, serrées, entre mes épaules serrées pour les recevoir, je les entends, je les ressens encore, presque plus que les coups qu'ils m'ont donnés à mon second passage devant l'homme las, devant l'homme que ne semblaient pas plus émouvoir les cris de mes tortionnaires que ceux que je m'efforçais de retenir, voulant crâner, n'y arrivant pas, y arrivant. J'aurais presque pu fraterniser avec lui, et c'était ça le plus monstrueux, ça qui me revient après le bruit des fusils, cette ressemblance dans la différence absolue, radicale, définitive, cette impassibilité feinte ou réelle que nous tentions de partager, moi souffrant atrocement, lui me regardant souffrir, ce détachement qui semblait nous relier l'un à l'autre par-delà le fleuve de sang qui nous séparait. Mais c'est mon corps qui sautait sous les coups. Pas le sien.

C'était mon sang.

Pas le sien.

Alors, non – rien de commun entre nous.

Quand ils m'ont ramené à Fresnes, j'ai pensé que je serais de la prochaine fournée et je m'en suis réjoui tant j'avais mal. Que je serais bientôt de ces camarades dont on entendait la marche au petit matin, parfois dans la nuit, de ces camarades dont les plus chanceux – ou les plus malheureux ? – avaient serré une dernière fois leur femme au parloir, avant de marcher jusque dans la cour derrière la mienne. Comment auraient-ils pu croire ce dont j'avais finalement tenté de les convaincre, que je n'étais qu'un agent occasionnel du S.R. suisse, né à Neuchâtel, envoyé pour la première fois à Clermont puis à Paris, avec à mon actif rien d'autre que ces documents trouvés dans mon appartement, et qui ne disaient pas grand-chose, ne dévoilaient presque rien ?

Mais ils m'avaient cru. Ils m'avaient cru. Ça n'était pas croyable. C'en était presque rageant de se battre, et de ne pas réussir à l'emporter sur un ennemi qui pouvait parfois être si bête.

Quand ils m'ont sorti de ma cellule, le 6 juin, vers midi, moi qui pensais en avoir fini avec tout, je me suis retrouvé devant un médecin qui voulait vérifier si j'étais apte à partir en Allemagne. À « voyager » ! Il m'apprit que les Alliés avaient débarqué. Il me l'apprit presque avec un sourire, mais sans doute ai-je rêvé. Quelle ironie atroce. J'apprenais que je n'allais pas mourir tout de suite, mais qu'on m'envoyait mourir plus loin, alors que tout avait commencé à finir.

Encore une salve dans ma tête.

Je rouvre les yeux.

Ça n'est pas dans ma tête.

Le train est arrêté. Il y a un quai. Des soldats ont tiré vers la lucarne ; un camarade essayait d'arracher une dernière planche qu'on n'avait pas pu écarter avant. Ont-ils cru que nous voulions nous évader par ce trou ridicule, barré de barbelés, à la vue de tous ?

Ou voulaient-ils seulement s'assurer que nous mourrions bien asphyxiés ?

Les balles n'ont touché personne. La planche s'est détachée mais pend, retenue, comme les autres, par les barbelés bien serrés. L'air passe un peu plus et, entre les planches qui bâillent, on y voit mieux.

On n'entend plus rien. Comme si tout le monde retenait le peu de souffle qui lui reste.

Puis quelques cris se font entendre dans le wagon.

– À boire !

Moi aussi, je meurs de soif et j'ai la tête qui tourne. Penser à ma cellule de Fresnes m'avait presque fait oublier ça. Comme si penser n'était pas si inutile. Je finis par ne plus savoir. Mais ce que je sais c'est que ma gorge brûle et que ma tête tourne tant j'ai soif.

Quelqu'un dit : « On est à Soissons. Je reconnais la gare. C'est chez moi. »

Chez lui. Ça sonne drôle. Moi, ça fait longtemps que je n'ai plus de chez-moi. Chez moi, ça pourrait être aussi bien ce wagon où on va crever de soif. Ils pourraient nous donner à boire. On est arrêté. Pourquoi ne nous donnent-ils pas à boire ? Je demande : « Pourquoi ne nous donnent-ils pas à boire ? » Plusieurs camarades reprennent : « Oui ! À boire ! À boire ! »

Entre les planches, j'aperçois un homme sur le côté du hangar qui me fait face. Il voudrait visiblement nous aider.

Mais il ne bouge pas. Il est là impuissant ; on le croirait aussi désespéré que nous si seulement c'était possible.

Je l'appelle : « Pourquoi on ne nous donne pas à boire ?! »

Il fait un effort pour me répondre, tente de se faire entendre sans crier : « Les Allemands ne nous laissent pas approcher. Ils sont furieux. La résistance a fait sauter les voies à Reims et Châlons. Ils se vengent. »

– Mais on va tous crever ! Il doit faire 40 ici !

– On a demandé à la Croix-Rouge d'intervenir. Tenez bon !

Tenez bon. C'est ce qu'il a dit. Tenez bon. Mais à quoi on peut tenir quand on a soif comme j'ai soif, quand on étouffe comme dans un four, qu'on pue, qu'on ne sait pas où on va, qu'on ne sait plus où on est, qui on est, que votre ventre n'en peut plus de crampes, que votre dos vous fait crier. À quoi tenir, bon Dieu ?

J'ai soif. Je ne sais que ça. J'ai soif. J'ai soif. Et je vais crever si on ne me donne pas à boire. Je vais crever et tous ceux-là autour de moi qui se mettent à crier autour de moi. Ça crie de partout. Ça crie « À boire ! » autour de moi. Et quand ça ne peut plus crier ça gémit. Et moi je crie avec ça qui crie au-dehors comme au-dedans de moi. Tout mon corps n'est plus que soif, et cri, cri et soif. Soif. Soif. Je n'en peux plus. Je pleure. Je n'ai plus de larmes. Je n'ai même plus de larmes à boire. Plus rien. C'est monstrueux ce qui nous arrive. Personne n'entend nos cris ? personne ne veut nous aider ?

Pourtant, l'homme qui nous regarde, désemparé, a parlé de résistance. Il a dit qu'on avait fait sauter des voies. C'est donc qu'il y en a encore qui pensent à nous, qu'il y en a qui veulent que nous n'arrivions pas là-bas, je ne sais pas où, en enfer sans doute ?

Mais l'enfer est ici. Qu'on nous laisse arriver là-bas. N'importe où sera mieux qu'ici. N'importe où, nulle part, mais pas ici sous ce soleil qui nous tue.

L'homme nous tourne le dos et s'éloigne du quai, les épaules voûtées.

Il va se mettre à l'ombre. Il veut disparaître. Se faire oublier dans l'ombre. Il disparaît. Mais c'est l'ombre que nous voulions. L'ombre, de l'eau.

Déjà, on ne sait plus quel visage il avait. On ne pense qu'à ce qu'il va faire maintenant, loin de nous, à la liberté qu'il a d'être loin de nous, loin du train, loin du soleil. Peut-être qu'il va boire ? Peut-être qu'il va se tremper dans l'eau ? Peut-être qu'il y a une rivière dans ce village ? Peut-être qu'il va à la rivière, celui-là qui nous laisse sous le soleil ? À crever sous le soleil.

Dans le wagon ça crie toujours. Personne n'a donc compris que crier ne servait à rien, sinon à mourir un peu plus vite peut-être ? Mais c'est cela qu'ils veulent justement. Mourir plus vite.

Comme si l'un d'eux avait suivi ma pensée – et dire que je pense encore, que j'arrive encore à penser ; c'est dérisoire –, comme si l'un d'eux m'avait entendu, il réussit à mourir. Son cri s'étrangle dans sa bouche, puis il se tait, d'un coup, les yeux ouverts, la bouche ouverte. Et maintenant il est là, à quelques mètres de moi, contre la paroi, qui me regarde, béant. Quelqu'un dit « Il est mort. » Et le mot se répète « Il y a un mort. »

Un mort, seulement ? Ça veut dire que nous on vit ?

Comme on hésite à l'allonger pour qu'il ne prenne pas de place ou qu'on ne lui marche pas dessus, trois camarades se collent à lui pour qu'il ne tombe pas. Ils se relaieront jusqu'à ce qu'on vienne chercher le corps. Mais quand ? Et combien de temps tiendront-ils ainsi ? On lui a fermé les yeux et la bouche. Son visage se détend. Je l'envie. S'il pouvait savoir combien je l'envie. Il s'affaisse tout doucement sur les camarades, comme s'il se reposait sur eux de toutes ses souffrances passées. Et eux le redressent jusqu'à ce qu'il retombe. On dirait une sorte de jeu. Il tombe. Ils le redressent. Il tombe. Ils le redressent. On en oublierait presque qu'il est mort. On en oublierait presque le poids de la mort sur leurs épaules.

Soudain, l'un d'entre nous dit avoir vu des infirmières de la Croix-Rouge. Il crie qu'on va nous donner à boire, qu'on va nous débarrasser du mort, que ça va finir. Aussitôt les cris reprennent de partout. On en entend qui viennent des wagons d'à côté. On avait oublié qu'il y avait d'autres wagons que le nôtre, d'autres cris que le nôtre. Maintenant c'est tout le train qui n'est que cris. Ça monte, ça enfle.

– À boire !

– Prenez les morts !

– À boire !

– On étouffe !

– À boire !

Comme si les Allemands ne le savaient pas qu'on mourait ici, qu'on étouffait, qu'on crevait de soif. Comme si les Français sur le quai ne le savaient pas.

Mais rien ne se passe.

Les cris cessent tout d'un coup.

Un détachement de soldats se déploie le long du quai, nous tournant le dos.

On attend, suspendu à on ne sait quoi. On se prend à espérer de nouveau, et c'est plus insupportable que tout. J'ai toujours cru que c'était l'espoir qui nous torturait le plus. Jamais je n'aurais pensé avoir autant raison. Jamais je n'aurais pensé que c'était si vrai, que cette torture était si aiguë, si précise, qu'elle touchait si précisément ce point, qu'elle rendait la souffrance si vive.

Car voilà que le train repart, lentement. Obnubilé par l'attente, on ne s'en aperçoit pas, d'abord. Il s'est ébranlé sans heurt, comme s'il voulait nous cacher qu'on repartait, que la Croix-Rouge ne pourrait rien pour nous, que les infirmières ne pourraient rien pour nous, qu'on ne les laisserait pas approcher, qu'on les empêcherait de nous aider. En voyant bouger les soldats immobiles, qui nous tournent le dos comme si nous n'existions pas, on comprend que c'est nous qui bougeons, que le train reprend sa route et qu'aucune aide ne viendra plus. On gardera notre mort pour nous, avec nous. Il commencera à se décomposer pour de vrai. À se liquéfier littéralement par tous ses pores. Et notre gorge à sécher. Nos poumons à brûler. Tout notre corps à se consumer par le dedans.

Je regarde le mort que les camarades ont fini par caler, sa ceinture passée sous les aisselles, accrochée par-derrière à un clou ou un crochet. Maintenant, il tient tout seul, légèrement penché en avant. Il ne tombe plus. Plus d'effort à fournir pour le retenir. On dirait qu'il dort, le menton en avant, avec le plus grand sérieux du monde.

Je l'envie, encore une fois.

Il a de la chance, lui, il n'a plus soif.

Tout son corps va bientôt se répandre, mais il n'a plus soif. Son cœur ne bat plus. Il ne sait pas la chance qu'il a de ne pas sentir son cœur taper comme un fou, plus vite, plus fort encore que les roues sur les rails ou dans ma tête, mon cœur qui tape et m'arrache la poitrine, tandis que mes poumons peinent à se gonfler, peinent à se remplir du peu d'air qui nous reste. Je sens des picotements au bout de mes doigts, dans mes pieds, et jusqu'à la racine de mes cheveux. Ça descend dans la poitrine. Ça monte dans le ventre. J'ai l'impression d'être enfermé dans une boîte, d'être comprimé dans un étau, d'être moi-même cet étau qui me comprime, comme si mes jambes rentraient dans mon ventre, et mes épaules dans ma poitrine. Je voudrais desserrer l'étau. Je voudrais que mes poumons se dilatent à nouveau, mais rien ne rentre. J'ouvre la bouche et rien ne rentre. C'est pire que dans mes rêves les plus affreux quand je criais sans un son. Je crois que je vais mourir comme ça, la bouche ouverte, sans un mot, sans rien qui sort, sans rien qui rentre. Par arrêt de la bouche.

Mais c'est le train qui s'arrête de nouveau.

Est-ce qu'on va encore nous laisser cuire sans bouger ? Est-ce qu'ils ont encore fait sauter la ligne ? Ils ne veulent donc pas nous laisser arriver ? Nous nous bousculons sans ménagement près de la lucarne, sans plus penser aux autres – qui le pourrait ? Si nous n'étions pas si serrés, je suis sûr que nous nous étriperions à présent.

Mais ce que nous apercevons au-dehors nous retient, peut-être au bord du pire. Des visages semblent sortis des fourrés. Un, d'abord, une femme. Puis un deuxième, un enfant, un adolescent. Il doit y en avoir d'autres comme ça car les camarades de l'autre bout les appellent.

– Donnez-nous à boire !

Rien ne se passe, mais on voit les visages sur le bord se tourner d'un côté puis de l'autre, comme cherchant quelque chose.

Tout à coup, la femme brandit une ardoise au-dessus de la tête. C'est une ardoise d'écolier. Puis l'adolescent fait pareil.

Ça aussi, on dirait un jeu. Mais personne n'a envie de jouer. Personne n'a envie de rire de ce ballet ridicule. Je n'arrive pas à lire ce qui est écrit. Mon voisin non plus. Notre vue est brouillée par la chaleur, par la soif, par la sueur. On essaie encore. Puis on croit lire sur la tête de la femme : « Saint-Brice ». Et sur celle de l'enfant : « Reims 4 km ». À quoi on répond en chœur :

– À boire !

La femme regarde encore à droite puis à gauche. Elle n'ose pas s'avancer. Mais elle sort soudain un seau du taillis. Elle ne peut pas nous le donner, alors elle le brandit et nous le montre comme pour nous prévenir de ce qu'elle va faire. Presque aussitôt mon voisin et moi nous recevons une grande giclée d'eau. C'est incroyable. C'est incroyable ce que c'est bon. Nous tendons les bras mais les camarades, derrière, nous attrapent. Ils veulent avoir leur part. Et nous qui n'avons pas ouvert la bouche. Nous qui ne nous étions pas préparés. On passe son temps la bouche ouverte pour aspirer un air qui vous brûle et on n'est pas capable de la garder ouverte pour recevoir ces quelques gouttes d'eau qui vont vous sauver. Dans tout le wagon ça se bouscule. Ça va tourner au carnage, mais comme chaque fois la voix monte et essaie de nous calmer :

– Calmez-vous ! Ils en ont d'autres. Chacun son tour.

Presque personne ne l'entend. Et notre bel ordre du départ en est tout bouleversé. Comme j'essaie de me faufiler pour éviter l'accrochage, je manque de tomber et de me faire piétiner. Je me trouve rejeté à l'autre bout, côté voie. Mais visiblement la femme n'est pas seule car d'autres têtes sont apparues de ce côté-là aussi. On dirait qu'il y a des riverains un peu partout. Ils ont donc compris ce qui nous arrivait ?

L'eau pleut par à-coups.

Puis soudain, un choc dans la lucarne du côté où je suis à présent. Je n'en crois pas mes yeux. C'est une carotte qu'ils viennent de nous lancer et qui s'est accrochée aux barbelés. J'aurais préféré un fruit juteux, n'importe quoi avec de l'eau dedans, mais c'est toujours ça. Je n'ai pas encore mangé la boule de chair à saucisse douteuse qu'ils nous ont remise à Compiègne, et que je garde dans un mouchoir, dans la poche de mon pantalon ; je crains que la manger soit pire que tout dans cette chaleur où les vivants eux-mêmes sont faisandés et pourrissent. Alors une carotte c'est toujours bon à prendre. Je tends la main, le bras, je m'étire autant que je peux, je me mets sur la pointe des pieds, c'est tout mon corps qui s'étire, se tend pour atteindre cette carotte ridicule qui me nargue et se balance sur son fil. Je maudis ma petite taille qui m'a pourtant servi autrefois. Je voudrais être deux fois plus grand pour atteindre ce maudit légume. Le peu qui me reste de salive afflue tout à coup dans ma bouche. Je crois déjà sentir le goût sucré, peut-être un peu de jus quand même. Ça doit bien contenir un peu d'eau, une carotte. Mes doigts y sont presque, je la frôle, mais une main repousse ma main, un bras bouscule mon bras. Je reçois un coup d'épaule qui me pousse sur le côté. C'est un camarade qui essaie de l'attraper pour lui. Et nous voilà comme deux enfants se battant pour chaparder un pot de confiture. Il est plus grand que moi. Il va y arriver et je n'aurai rien. Le salaud ! La colère m'envahit, une colère de gamin.

Mais le train repart tout à coup, et la carotte se détache pour retomber sur la voie. Il ne l'aura pas plus que moi.

Je suis heureux. C'est ignoble.

Je suis heureux.

Il n'avait qu'à pas me pousser. Sans doute lui en aurais-je donné. Ou peut-être pas.

C'est ignoble. Je suis heureux qu'il ne l'ait pas eue. Que pas plus que moi il n'ait pu l'atteindre. Que pas plus que moi il n'ait pu sentir dans sa bouche ce goût que je croyais tenir.

Nous nous regardons avec haine. Puis nous retombons abattus.

Les quelques gouttes d'eau reçues n'ont pas suffi. C'est pire qu'avant. Pourquoi nous ont-ils lancé ces bouteilles, ces légumes qu'on n'a pas pu attraper ? On dirait que les Allemands les ont fait venir pour nous torturer un peu plus. Le souvenir de Tantale me revient. Ça n'était donc pas qu'un mythe, une histoire pour les enfants, une leçon pour les écoliers. Ça existe. C'est du vrai. C'est vrai qu'on peut faire ça à un homme, lui faire toucher du doigt la fin de sa souffrance, puis lui retirer brutalement, lui faire passer l'eau sous le nez, lui arracher le pain de la bouche, juste pour l'entendre gémir un peu plus fort.

Je gémis en silence.

Mais le train s'arrête à nouveau. On n'a pas fait un kilomètre depuis la perte de la carotte. Mais qu'est-ce qu'il fait, devant, dans sa locomotive ? Lui aussi on lui a demandé de nous torturer ? Ils s'y sont donc tous mis ?

On aperçoit un bout de quai et des jardins maraîchers à la lisière de la voie. Ils ont vraiment des légumes ici ? Ils ne crèvent pas de faim comme à Paris ?

De nouveau des hommes apparaissent sur le ballast. Certains ont des paniers. On les aperçoit pleins de couleurs. Le vert, le rouge, l'orange débordent de partout. J'avais presque oublié que ça existait, ces couleurs. Dans le soleil, ça ferait presque mal aux yeux.

Je prie de toutes mes forces pour qu'ils puissent enfin approcher, même si c'est de l'eau que je voudrais. Je prie pour qu'ils nous donnent tout ça qu'ils portent dans leurs paniers, toute cette vie au bout des bras, ça que réclament nos corps, ça que réclament nos corps.

Mais une pierre manque de toucher l'un des hommes. Puis presque aussitôt un coup de feu. Apparemment c'est un soldat qui a tiré en l'air. Les hommes aux paniers s'immobilisent. Comme si tout était concerté, leur approche prudente, leurs paniers, les couleurs dans leurs paniers, la marche lente de toutes ces couleurs, la pierre jetée, le coup de feu, leur arrêt. Comme s'ils jouaient un rôle, pour nous. Comme si nous étions les spectateurs abrutis d'un spectacle infernal.

Alors le train se met de nouveau en marche, très lentement.

Puis s'arrête.

On n'avance plus que par mètres. Qu'est-ce qu'ils font devant ?

Sur le bord de la voie il y a de plus en plus de monde, des hommes, des femmes, quelques enfants. Ils ne disent rien. Ils ne bougent plus. Ils nous regardent. Nous les regardons aussi. Nous n'avons plus que ça à faire, nous regarder. Mais de nouveau des soldats viennent se mettre entre eux et nous. Il doit y en avoir des deux côtés. Nous recommençons à crier, à supplier qu'on nous donne un peu d'eau. Mais personne ne bouge. Ils semblent paralysés. Pourtant, on a l'impression que ça s'agite par-derrière. Certains tournent la tête vers les jardins. D'autres continuent de nous regarder. Je ne sais pas ce qui se passe. Nous qui crions, eux qui se taisent et tournent la tête, ça n'a pas de sens. Mais dans le wagon quelqu'un dit : « Ils ont une lance ! »

Ça a l'air vrai. C'est un maraîcher qui tourne son tuyau vers nous. Est-ce qu'il va oser l'ouvrir ? Nous nous écrasons les uns sur les autres. De l'autre côté ils ne doivent rien avoir, car ils tentent tous de venir par ici. Nous allons mourir écrasés.

– Attendez ! Attendez qu'il ouvre le robinet. Il faut qu'on s'organise. Prenez vos chemises. Chacun son tour à la lucarne.

On se bouscule, on fait ce qu'on peut pour obéir, mais la soif est plus grande. Et l'homme qui ne fait toujours rien. On dirait qu'il hésite.

Le voilà qui ouvre son robinet et qui braque sa lance sur notre wagon. On attend un coup de fusil. Mais il ne se passe rien. Alors, nous ouvrons la bouche, nous tendons nos chemises, nous nous bousculons, nous arrivons quand même à nous relayer un peu. L'homme bouge sa lance d'une lucarne à l'autre. Ça rentre un peu dans le wagon. Nos chemises sont mouillées. Et tant pis si c'est immonde, tant pis si ça nous rend malade, c'est de l'eau, de l'eau, c'est de l'eau. On voudrait que ça n'arrête plus. Ça s'arrête. Il arrose le wagon de devant. On voudrait que les autres soient morts, qu'il n'y ait plus que nous, notre wagon, qu'il n'y ait plus que notre wagon, que toute l'eau soit pour nous. L'eau revient. Il nous arrose à nouveau. C'est merveilleux. C'est merveilleux. Mais ça s'arrête trop vite. Il arrose le wagon de derrière. Alors les cris montent, des cris d'enfants. Tous ces gens si sérieux dans ce wagon, tous ces hommes, certains sont des guerriers, tous ces hommes crient comme des enfants :

– À nous ! À nous !

Quand l'eau revient, c'est de nouveau la bousculade, une sorte de panique où se mêlent la joie et l'angoisse.

Une oasis dans le désert, trop petite pour tous ces hommes, je saurai maintenant ce qu'est une oasis. Ce que ça peut vouloir dire pour un homme dans le désert. Notre wagon, une caravane perdue sous le soleil. Cette eau qui nous sauve, comme la manne de nos pères. Et voilà que les phrases me reviennent tandis que l'eau nous éclabousse. Je me dis que je suis encore vivant. Que si des phrases peuvent encore me traverser, c'est que je ne suis pas tout à fait mort. Puis l'eau nous quitte à nouveau, va de nouveau asperger le wagon d'à côté. Et puis revient encore.

Je ne sais pas combien de temps ça dure, mais c'est incroyable que ça puisse avoir lieu. On ne sait même plus pourquoi les soldats laissent faire. Mais ils laissent faire.

On a réussi à imbiber nos chemises de toute cette eau. On se dit que comme ça on pourra sucer le tissu trempé pour aspirer encore quelques gouttes ; et tandis que le train redémarre très lentement, quelques-uns ont encore le courage de crier merci à celui qui nous a ainsi redonné espoir.

Car on se met bêtement à croire de nouveau qu'on pourra s'en sortir. On se met de nouveau à imaginer qu'on a vécu le pire et que ça va aller mieux.

On le croit tant que le train avance, même si l'air brûlant du dehors, au contact de l'eau sur notre peau, nous cuit à petit feu. Des cloques finissent par se former sous mes pieds et sous ceux de mes camarades. Le mélange de sueur et de condensation, le frottement du sol, brûlant aussi, nous fait souffrir de plus en plus. L'un d'entre nous a enlevé son pantalon et ses sous-vêtements, tellement il n'en pouvait plus. Petit à petit, nous l'imitons. Certains, dont je suis, gardent quand même leurs caleçons, non par pudeur mais pour éviter le frottement du bois sur les fesses. Très vite, beaucoup sont nus comme des vers, à piétiner leurs habits moites de sueur et d'eau croupie. L'euphorie rageuse de tout à l'heure, quand l'eau pleuvait par à-coups, a laissé place à une apathie douloureuse ; je n'arrive même pas à sourire de ce tableau grotesque que nous formons, avec nos pauvres corps dénudés, nos sexes plus dérisoires que jamais, nos ventres hideux, nos jambes fatiguées. Je crois que s'ils voulaient faire de nous du bétail, c'est maintenant qu'ils ont réussi. C'est maintenant que nous sommes au plus près de ce qu'ils voulaient voir en nous. Notre semblant de dignité nous a quittés quand l'eau a plu sur nous.

Nous n'arrivons même plus à nous lever ou nous asseoir en ordre. Nous le faisons au petit bonheur, comme si plus rien, plus personne ne nous guidait.

Je cherche Ladmiral du regard, mais je ne le distingue plus dans cette masse confuse que nous formons à présent. Nos visages comme nos corps commencent à ne plus ressembler à rien ; ou plutôt ils se ressemblent dans le rien. Nous devenons tous semblables. Nous ne sommes plus qu'un tout, un tas indéfini. Ce que nous étions, ce qui faisait de nous des individus, des visages singuliers, commence à s'effacer.

Mais voilà que le train s'arrête de nouveau.

On écoute. On essaie de comprendre ce qui se passe. On guette le moindre signe d'espoir, la moindre chance de retrouver nos visages d'humains. Rien ne se passe. Jusqu'à ce que le train recule.

On ne comprend rien.

On n'ose pas espérer.

On a raison de ne pas oser. De ne pas espérer.

Le train s'arrête. On attend.

On écoute encore.

Dans le silence du wagon, je me rends compte que plus personne ne parle. Avec le bruit des roues je n'y avais pas fait attention, mais ça doit faire longtemps déjà, sans doute depuis Saint-Brice.

C'est que la chaleur n'a cessé de monter depuis tout à l'heure, nous abrutissant toujours plus, nous assommant littéralement. Ceux qui le peuvent se collent contre les lucarnes ou contre les interstices de la porte pour attraper un peu d'air du dehors. Les autres, comme moi qui suis trop loin maintenant, s'efforcent de ne pas bouger. Mon dos, mes mains, tous mes membres me brûlent.

Il doit être trois heures de l'après-midi, guère plus. On dirait que le soleil ne bouge plus, immobilisé comme nous dans cette fournaise, comme si tout s'était arrêté, comme si tout s'acharnait pour nous tenir suspendus dans cette fournaise. Et tout nous brûle au-dedans comme au-dehors. Je me demande si ce n'est pas plus insupportable depuis qu'on nous a aspergés avec la lance. L'air humide est pire que celui que nous respirons depuis ce matin. J'ai la gorge en feu comme si j'avais avalé de l'alcool sans déglutir, et mes poumons m'élancent à chaque inspiration, m'arrachent un cri dont je ne suis pas sûr qu'il soit muet.

Je m'aperçois que la dernière bousculade m'a rejeté auprès de l'étudiant pharmacien de tout à l'heure. Je crois qu'il ne m'a pas reconnu tellement la chaleur nous aveugle. Je ne lui fais aucun signe. J'en ai à peine la force et je ne veux pas gâcher ce qui me reste d'énergie pour tenter de combattre cette brûlure à l'intérieur. J'économise mes gestes comme je le ferais de l'eau si on m'en redonnait. Mais je n'arrive même plus à penser à l'eau. Je ne pense qu'à cet air vicié que j'aimerais ne plus respirer, que j'aimerais respirer à pleins poumons. J'ai l'impression que ça fait des jours que nous sommes dans ce wagon, des jours que nous sommes arrêtés sous ce soleil atroce.

Bientôt, la tête me tourne tandis que ça s'agite autour de moi, que ça grouille autour de moi, comme un océan d'insectes grouillant d'un grouillement effrayant ; le silence laisse peu à peu la place à un bourdonnement incertain, qui monte jusque dans ma tête. Je ne sais pas si c'est en moi ou si cela vient de cette masse autour de moi, qui m'enserre, qui m'enferme. Qui me ferme en moi.

Et je ferme les yeux.

Je me dis qu'il ne faudrait pas fermer les yeux, je m'entends me dire « Ne ferme pas les yeux », mais mes paupières sont lourdes, et ma tête plus encore. J'essaie de ne pas bouger, de me concentrer sur mon immobilité, sur celle du train ; j'essaie d'arrêter ce vrombissement autour de moi, de traverser mes paupières fermées pour arrêter ce vrombissement, ce grouillement dans mes oreilles.

Ce sont des plaintes sourdes qui ont recommencé à monter de tous ces corps, à monter de mon propre corps. Je ne sais pas qui se plaint, de tout ça qui m'entoure ou de moi, de mes poumons qui brûlent ou de ce wagon dans lequel je vais mourir. Car je sais maintenant que je vais mourir ici, que je vais brûler vivant ici, me consumer de l'intérieur. Ça me traverse. L'image de mon corps brûlé me traverse, je vois la peau qui se détache, à l'intérieur, je sens l'intérieur de ma bouche à vif.

Je rouvre les yeux, brusquement réveillé par le bruit immonde d'un corps qui se vide. Je ne sais pas si c'est le mort de tout à l'heure, si c'est moi, ou bien un camarade. Mais un corps tout d'un coup s'est vidé et m'a ramené à la vie. La puanteur autant que le bruit m'a arraché à cette torpeur mortelle. Puanteur de ce corps vidé, puanteur de nos corps pourrissant, au-dedans comme au-dehors, de nos corps macérant dans nos sanies.

Quelqu'un crie :

– De l'air ! Ouvrez-nous ! Par pitié, ouvrez-nous !

C'est mon voisin. On dirait que l'affreuse odeur, le bruit abject l'ont arraché tout comme moi à ce lent glissement vers l'inconnu.

La voix se fait plus précise. Elle explique, savante :

– C'est la paille qui fermente, et la sueur qui s'évapore. On n'aurait pas dû enlever nos vêtements. Ça fait de l'anhydride carbonique. Et l'urine, de l'ammoniaque. On meurt intoxiqué.

Alors, comme s'ils n'avaient attendu que ça pour se réveiller, comme si la conscience soudain leur était redonnée par ces mots leur annonçant une mort idiote, abjecte, sous le soleil, tous les camarades se mettent à hurler, à frapper les parois, des pieds, des mains, certains de la tête, criant qu'on nous ouvre, qu'on nous donne de l'air, qu'on ne nous laisse pas crever comme des bêtes, qu'on ne ferait même pas ça à des bêtes. Ils crient, ils tapent, ils hurlent. Les pieds hurlent autant que les têtes. On se croirait dans un asile de fous, et sans doute sommes-nous déjà tous fous, eux, moi, moi qui crie et hurle avec eux, moi qui m'étais promis de ne pas bouger, de ne pas gaspiller le peu de force que j'avais et qui crie peut-être plus fort qu'eux tous. Plus personne ne peut nous retenir. Rien ne peut nous retenir de hurler, au bord de l'évanouissement. Ladmiral lui-même doit crier avec nous. Le manque d'eau était atroce ce matin ; mais le manque d'air est abominable, pire que tout ce qu'on a déjà vécu, comme s'ils essayaient sur nous toutes les sortes de morts. Alors on tape, on se tue plus vite à taper, à hurler.

J'entends un camarade à la lucarne appeler quelqu'un qu'il a aperçu, quelqu'un qui doit regarder sans comprendre ce train rempli de hurlements, quelqu'un qui ne doit pas en croire ses oreilles ; il lui crie d'aller chercher du secours, de nous sortir de là. Mais c'est un coup violent contre la porte qui nous répond. Nous crions toujours. Nous hurlons qu'on nous ouvre, qu'on laisse entrer de l'air. Un autre coup, suivi de plusieurs, ébranle la porte. Ce sont des coups de crosse. Mais nous crions toujours, rien ne nous empêchera de crier. Comme s'il ne nous restait plus que ça à faire, crier, et, pour ceux qui ne crient pas, recroquevillés, haletant puis s'évanouissant, mourir au milieu de nos cris.

Car j'en vois plusieurs que leurs cris ont achevés, comme s'ils n'avaient attendu que de crier pour mourir. L'un d'eux, derrière moi, se casse en deux ; je me retourne pour le retenir, lui relever la tête, mais je vois deux pupilles dilatées, deux trous effrayants à la place des yeux, et un autre trou, grand ouvert, la bouche crispée et qui ne se refermera plus. Je le laisse retomber. Je ne peux rien pour lui, et je me remets à crier avec les autres. Je vois celui qui est à la lucarne prendre les barbelés à pleines mains, comme s'il ne sentait rien, et essayer de les arracher tandis que le sang dégouline sur ses poignets puis sur ses bras. Il secoue le fer violemment, tape sur la planche déclouée que les barbelés retiennent toujours de tomber, quand soudain un coup de feu retentit, puis aussitôt un autre.

Alors tout s'arrête. Alors nous cessons de crier.

Je ne pensais pas que c'était possible, mais nous voilà de nouveau muets. La surprise a suspendu nos cris. Et c'est la surprise aussi que je vois dans le regard du camarade à la lucarne, comme s'il n'avait pas réalisé ce qui lui arrivait, comme s'il n'avait pas senti la balle lui pénétrer le front, lui traverser la tête juste au-dessus de l'œil. Il reste un temps dressé, les mains crispées sur les barbelés, trempées de sang, tandis que ça coule aussi lentement de son front. Et lorsqu'il s'effondre ce qui lui reste de mains se déchire au grillage.

Derrière le grillage, une voix profite du silence affreux qui s'est installé parmi nous :

– Ruhe, deine Maule ! Ruhe, Schweinhund !

Celui-là se taira à présent, c'est certain. Et nous avec, comme si la foudre avait frappé tout le wagon. Nous demandions de l'air et ils nous ont tiré dessus. À ceux-là nous demandions de l'air, comme si nous avions oublié qui ils étaient, comme si nous ne savions plus qui nous avait enfermés ici, à suffoquer dans ces vapeurs mortelles, à 50, 60, peut-être 70°. C'était à eux que nous demandions du secours. C'était eux que nous implorions. Ceux-là. Et du secours, ils nous en ont donné. Ils en ont donné à ce camarade, tombé près de la lucarne, et dont on traîne péniblement le corps au milieu du wagon, pour pouvoir prendre sa place contre l'ouverture. Si j'avais eu encore assez de force, c'est moi qui me serais glissé là, qui aurais pris sa place, peut-être à coups de poing pour me frayer un passage. Mais je me suis rassis, comme d'autres, comme presque tous les autres. Le silence n'a jamais été aussi lourd, chargé de tous ces cris que nous avons poussés, de tous ces cris qui n'ont eu pour réponse que le plomb dans la tête de celui-là, de tous ces cris qui n'ont eu pour réponse que ce silence-là où nous sommes prostrés maintenant.

Car tout le monde semble prostré, sauf trois ou quatre qui, comprenant que la porte ne s'ouvrira jamais, sortent soudain les lames cachées à la fouille. Ils essaient frénétiquement d'agrandir les trous dans le bois, les uns au sol, les autres aux parois du wagon, comme pour s'évader, bien qu'ils n'en aient plus la force. Il n'y a pourtant plus personne pour les en empêcher. Comme si l'idée d'être fusillé ne dérangeait plus personne, comme si ça ne comptait plus, comme si celui qui gît à quelques mètres, avec son trou dans la tête, devenait enviable, comme l'autre qui pend toujours à sa ceinture, ou comme tous ceux sur lesquels on marche à présent sans même s'en rendre compte.

De toute façon, ceux qui ne sont pas évanouis n'ont plus la force de protester s'ils n'ont pas la force de creuser le bois.

Moi, je n'ai pas de couteau ni de morceau de fer, mais je me mets mécaniquement à frotter la paroi avec mon quart. Je sens bien que c'est dérisoire, mais je me raccroche à ça. C'est mieux que de se laisser partir sans rien faire.

Je frotte lentement, incapable d'y mettre plus de force.

Je frotte, le bord s'élime, mais le bois résiste.

Je frotte sans espoir, pour frotter.

À peine si j'arrive à enlever quelques échardes. À ce rythme, je serai mort avant d'avoir creusé un millimètre. Mais ça ne m'importe même plus. J'ai trouvé quelque chose à faire pour ne pas sombrer trop vite, c'est tout, pour faire comme ceux qui se battent encore, qui font semblant d'y croire. Je me raccroche à mon quart sans plus penser à rien, sans chercher à penser. Ce n'est pas moi qui frotte le bois, c'est quelqu'un qui un jour fut moi, qui un jour porta mon nom, qui un jour porta un autre nom que celui que je porte à présent, quelqu'un dont la seule raison d'être est maintenant de frotter le bois lentement, presque méticuleusement. Je ne sais même plus pourquoi je frotte. Si je me souvenais que c'était pour percer un trou, je crois que je deviendrais fou à l'idée du temps que cela prendrait. Je me concentre sur le bois que je frotte et je frotte sans savoir ce que je frotte.

Je ne sais plus depuis combien de temps ma main va et vient ainsi, crispée sur le fer, déjà pleine de crampes et comme tétanisée – mais est-ce par l'effort ?

Peut-être qu'elle commence à peine ?

Ou peut-être que cela fait des heures ?

Mais si cela faisait des heures, je serais mort. Je serais mort depuis longtemps.

Cela seul fait que je sais que ça ne fait pas des heures.

Alors peut-être ne suis-je là, à frotter, que depuis quelques secondes ?

Ou bien ma main va-t-elle et vient-elle ainsi, presque dans le vide, depuis quelques minutes ?

Dix ?

Quinze ?

Ce qui est sûr, c'est que le camarade le plus proche qui avait un couteau a réussi à faire un trou en disjoignant deux planches au sol. Aussitôt il y colle sa bouche, comme s'il ne voyait pas les ordures autour de lui. Il reste un long temps ainsi, le visage collé au plancher, aspirant longuement, ne sachant pas ce qu'il aspire. Quand il se relève, il me voit qui le regarde hagard, sans bouger, le quart presque écrasé entre les mains. Alors il me tend son couteau et replonge la tête contre le sol. Implorant quel dieu ?

Mais voilà que la lame qu'il m'a donnée pénètre à son tour entre les planches, les écarte légèrement, entame le bois pour agrandir le trou. La pointe attaque les bords, élargit l'encoche. Un léger tour de poignet détache un copeau, le ramène à la surface. Et puis encore un tour. Et encore un.

Mon geste se fait plus sûr.

Ma main plus régulière trouve un rythme, très lent, mais précis.

Je me concentre sur mon geste.

Je suis en lui.

Je suis ma main qui creuse.

Je suis dans mon geste, je suis mon geste. Je ne peux rien être d'autre que ça, sinon je meurs.

Et avec la concentration une image me revient, à laquelle à nouveau je m'accroche, comme si je devais vivre et mourir par les images autant que par les mots d'autrefois. Je ne vois plus rien de ce qui m'entoure, que mon geste, et avec mon geste une autre histoire que la mienne, une autre image. Je ne vois pas les cadavres qui se sont multipliés, dont les têtes pendent contre les bustes, ou bien traînent à nos pieds, sous nos pieds. Je ne vois pas celui-là dont le nez bave son sang sous mes pieds, je ne vois rien, ou si je le vois je le fais entrer dans cette autre image que je me réinvente un instant pour tenir. Je vois, c'est dérisoire, mais je le vois plus clairement que tout ce qui m'entoure, je vois Edmond Dantès qui creuse au fond de son cachot. Je suis ce malheureux qui arrivera à se sauver, à se venger, en prenant la place du mort, de tous les morts qui m'entourent.

Et je creuse méthodiquement, comme si j'avais un but, au-delà de ce peu d'air qui me manque, de ce peu d'air qu'il me faut absolument respirer si je veux tenir encore un peu. Je ne veux penser à rien d'autre. Je ferme les yeux pour creuser, je suis toujours dans mon geste, entièrement dans mon geste, dans ce mouvement de mon poignet, dans ce quart de tour mécanique qui fait remonter les copeaux, dans ce trou qui grandit, dans ce couteau miraculeux qui taille pour ma bouche un peu d'air, un mince filet dont je m'emplis, un rien qui me sauve, dont je sens qu'il me sauve. Je suis ce filet d'air qui me pénètre, m'arrache à ma geôle.

Je reviens un peu à moi et m'aperçois que le train a redémarré parce que l'air me pénètre avec plus de force.

Et tandis que je commence à respirer plus normalement, tandis que j'ai l'impression de remonter du fond du gouffre où j'avais commencé à glisser inexorablement, une main m'attrape par l'épaule et me rejette violemment en arrière. Qui peut avoir gardé une telle force ?

Je ne comprends pas ce qui m'arrive.

Ainsi projeté, je bascule sur un autre corps qui se trouvait derrière moi ; j'ai à peine le temps de réaliser ce qui se passe que je suis déjà recouvert par un autre, puis un autre encore qui s'effondre sur mon dos.

Une bagarre a commencé, sauvage, sans que je sache pourquoi. Pour une place près d'un trou ? Pour un peu d'air ? Par pure folie ?

Très vite, c'est une mêlée incroyable.

Effrayante.

Ignoble.

J'essaie de toutes mes forces de soulever ces corps sur mon dos, ces corps qui m'écrasent et en même temps me protègent. Je vois des camarades qui se ruent les uns sur les autres. Certains ont des couteaux ou des morceaux de verre à la main dont ils lacèrent le visage de celui d'en face. D'autres se défendent ou attaquent avec leurs quarts, ou avec des chaussures, ou avec leurs poings. Un autre pour se dégager a saisi une ceinture et la fait tournoyer aussi loin qu'il peut. J'entends le bruit mat de la boucle sur les têtes, j'entends des cris de douleur, des cris de rage, des cris de bêtes monstrueuses. Ce ne sont plus des hommes qui crient.

J'en vois un autre qui étrangle tout ce qu'il voit, vivants et morts, cadavres et agonisants.

J'essaie toujours de me dégager et de m'éloigner du carnage, mais ma jambe est prise sous un tas où s'enchevêtrent bras, jambes, têtes. Une main me tient la cheville. Je rue pour la faire lâcher prise. Je sens que mon pied nu tape de la chair molle, qu'il rentre dans de la chair.

La main ne lâche pas, elle serre, toujours plus fort, comme si c'était celle d'un mort. Mais un mort n'aurait pas cette force.

Je rue encore, j'essaie de me retourner pour frapper des poings à mon tour.

En tentant de me relever je vois un camarade qui en éventre un autre avec un tesson. Je ferme les yeux pour ne pas le voir, pour ne pas voir ces tripes dans lesquelles des mains fouillent, pour ne pas voir ces mains pleines d'un magma rouge et noir, pour ne pas voir cette folie que je vois autour de moi et que je sens monter en moi.

Je ferme les yeux et ma jambe continue de frapper pour se dégager. Elle frappe. Frappe. Frappe. Bientôt frappe dans le vide mais frappe toujours.

J'entends des cris de tous les côtés à la fois, à côté de moi, au-dessus de moi, au-dessous, en moi. Toute la fureur que nous mettions à hurler et à frapper le bois tout à l'heure, nous la retournons maintenant contre nous. Ceux-là qui s'entraidaient il y a encore quelques heures s'acharnent les uns contre les autres. Je voudrais m'arracher à la mêlée, rejoindre l'autre partie du wagon où j'en ai vu se blottir, et repousser ceux que la folie a pris. Mais même de là j'ai le temps de voir des corps s'arracher pour aller tuer ou se faire tuer dans la masse indescriptible.

J'appelle au secours.

Je hoquette.

Je supplie qu'on me sorte de là.

Je crie.

Je n'entends plus rien.

Je crie.

Je ne m'entends plus crier.

Je ne suis plus que spasmes de ma jambe, détente de mes poings.

Je reçois un coup. Je perds connaissance.

Quand je reviens à moi, la bagarre continue, mais à un mètre de moi, et ma jambe est libre. Quelqu'un a réussi à me faire sortir de là.

Je vois des camarades tirer des cadavres de la mêlée, les empiler pour faire comme un mur entre nous et ceux qui s'entre-tuent encore. Je comprends que le seul moyen, c'est d'empêcher le contact entre eux et nous, de les garder à distance jusqu'à ce qu'ils s'écroulent, éventrés, étranglés, le visage fracassé, les membres brisés. Cette folie, il faut la tenir loin de nous, jusqu'à ce qu'elle s'épuise. Il faut mettre les morts entre elle et nous si nous ne voulons pas finir comme eux.

J'ai atrocement mal au dos et à la cheville, le corps couvert d'écorchures qui me brûlent, mais je parviens à me relever et à aider ceux qui m'ont arraché à cette furie, à faire comme eux, à me traîner pour entasser des corps sans vie, pour nous barricader derrière des corps. Je reconnais le petit pharmacien que je tire jusqu'au tas. Il lui manque un œil. À la place, il n'y a qu'un trou rouge, monstrueux. Dans sa bouche, il n'y a plus de dents. Mais je n'ai pas le temps de penser à lui. Je le hisse au-dessus du tas.

Je voudrais aller en chercher un autre, mais je m'effondre. J'entends seulement les bruits qui se font plus sourds, les cris qui se font plus rares, les coups qui ralentissent. Je ne sais si c'est dans ma tête ou dans le wagon.

Le bruit du train finit par prendre le dessus.

Je sombre encore.

Je me réveille. Le train est de nouveau arrêté. Un camarade est en train de me passer un chiffon humide sur le visage. On entend des plaintes qui sortent d'un peu partout, du monceau de corps au milieu du wagon, des coins où les blessés ont été tirés. Le camarade me dit : « Ça ne va pas fort, hein ? Mais tu vas voir, on va avoir plus d'air. Et puis la nuit finira par tomber. »

Je ne réponds pas.

Je regarde autour de moi.

Je comprends pourquoi il y aura plus d'air.

Dans l'autre moitié du wagon, entassés, empilés monstrueusement, il y a bien trente ou cinquante corps. Cinquante camarades en moins pour respirer. Mais respirer quoi ? La puanteur est infernale.

Tant pis, ça fait toujours de la place. Je peux enfin m'allonger, ne plus penser à rien, ne plus penser. Je glisse sur la paille humide.

Mais un autre, ou le même, me relève et me fait m'asseoir contre le bord. « Il ne faut pas t'endormir tout de suite. » Il me glisse un sucre dans la bouche. C'est vrai que nous avions du sucre avant de partir. Et du pain. Même de la saucisse infecte qu'on nous avait donnée à Compiègne. Pas d'eau, mais ça que je sens dans ma bouche. Dans la bagarre, tout a été écrasé, mélangé à cette bouillie immonde faite de nos habits trempés, du sang et de la chair de nos camarades. Comment a-t-il pu garder ce sucre ? Et me le donner ? Je le remercie d'un regard. Le morceau est calé sur ma langue, entre ma langue gonflée et mon palais. Le goût sucré me fait saliver atrocement mais je n'ai plus la force d'avoir soif. Ça me brûle la gorge. Je me dis que c'est bon. Qu'il faut que ce soit bon.

Je suis épuisé mais je sens que ça s'agite toujours autour de moi. On traîne des corps, on fait le tri des cadavres, de ce qui bouge encore, de ce qui est déjà raidi par la mort. Le tas atteint presque le plafond ; il est assez large à la base pour ne pas s'effondrer. On espère qu'il tiendra dans les cahots.

Quelqu'un dit : « Comptons-nous. » Aussitôt des voix s'élèvent, sinistres, douloureuses, qui comptent comme à l'école.

– Un.

– Deux.

– Trois.

Quand c'est mon tour, je dis : « Trente-six ». Je ne pensais pas que nous étions tant, encore. Et ça continue après moi, jusqu'à cinquante-neuf. Je m'aperçois que Ladmiral n'en est pas, qu'il doit faire partie du tas. Trois camarades gravement blessés sont trop mal en point pour répondre. Ceux qui sont près d'eux se comptent pour eux, sans être sûrs de ne pas parler à la place d'un mort. Un quatrième, devenu fou, écume de rage. On a dû lui attacher les bras et les jambes avec des ceintures. L'effort qu'il fait pour se dégager l'a épuisé, mais il s'agite encore, péniblement. Quelqu'un dit pour lui : « Soixante-trois ».

Nous sommes donc soixante-trois.

Soixante-trois à rester.

Soixante-trois échappés de ce cauchemar.

Soixante-trois sur la centaine du départ.

Soixante-trois à survivre, mais pour combien de temps ?

Les larmes coulent sur mon visage. Je ne savais pas que je pouvais encore pleurer. Le camarade qui s'occupe de moi l'a vu et me parle tout doucement. Je ne comprends pas ce qu'il me dit mais j'aime qu'il me parle. Je ne sais plus si je pleure à cause de ce que j'ai vu, à cause de tous ces morts, à cause de Ladmiral, ou parce que lui me parle, si doucement, parce qu'il trouve encore la force de me parler si doucement. La présence de mes frères ne me ferait pas plus de bien que celle de ce camarade inconnu qui me parle.

Près de moi une discussion s'engage. On dit qu'on doit demander aux Allemands de sortir les cadavres. On dit qu'on ne peut pas les garder comme ça. Que l'odeur est insupportable. Que même les Allemands doivent la sentir, que même pour eux elle est insupportable, que c'est une évidence. Mais j'entends que très vite on renonce à demander. Que s'ils n'ont pas ouvert avant ils n'ouvriront pas maintenant. Qu'ils n'ouvriront jamais. Que nous ne sortirons pas de cet enfer. Que l'enfer est bien ici et nulle part ailleurs et que c'est ici qu'ils voulaient nous mener.

On ne comprend toujours pas.

On ne comprend pas ce qui est arrivé.

On ne comprend pas cet acharnement. Ce qu'ils nous veulent. Pourquoi ils nous font ça. On ne comprend rien.

Alors, au bout d'un moment, on arrête de parler, d'essayer de comprendre.

On arrête de se demander pourquoi. De chercher un sens.

On fixe seulement les corps, leur masse sombre au fond du wagon.

On aperçoit des bras raidis, des jambes cassées en deux, des nez écrasés, des oreilles arrachées, des bouches qui grimacent. Ça n'est pas vrai qu'un mort devient paisible. Pas nos morts en tout cas. Nos morts sont hideux. Leurs visages violets sous le sang séché, leurs lèvres noires, leurs ventres gonflés qu'on s'attend à voir éclater à tout moment, à voir céder sous la pression des gaz qui les remplissent.

S'ils éclataient, la puanteur n'en serait pourtant pas plus grande.

Instinctivement nous plaquons sur nos visages ce qui reste de nos vêtements.

Deux camarades se mettent en devoir de couvrir les corps de paille, autant pour les dérober à nos regards que pour absorber tout ce qui sourd du tas, ce qui suinte et parfois coule par filets épais, gluants.

Moi, je me suis mis une chemise sur la tête, et je respire au travers, sans rien voir. Mais rien ne m'empêchera d'entendre le gargouillement qui sort de la masse informe. On peut se cacher les yeux, se boucher le nez, mais nos oreilles nous rattrapent. Avec elles on ne peut rien faire, on ne peut pas tricher. Elles nous livrent à eux. À cause d'elles, les morts continuent de nous parler, de gémir dans leur langage à eux, fait de bouillonnements sourds, lugubres, obstinés.

Je ne peux pas ne pas les entendre. Seul le bruit du train, de nouveau, me libérerait.

Mais le train s'acharne à ne pas bouger ; il s'acharne à nous garder captifs de la fournaise, de la puanteur et des bruits immondes ; il nous oblige à tout entendre de ce qui grouille, de cette putréfaction bruyante qui ne veut pas nous laisser en paix.

Peut-être est-ce pour ça que l'un d'entre nous se remet à parler. Il propose de prier pour les morts.

Prier ?

Qui peut encore avoir envie de prier ?

Qui peut encore croire à quelque chose ? à quelqu'un ?

Nous prions. Nous prions tout haut. Nous prions fort. Je hurle presque les phrases que je me suis forcé à apprendre il n'y a pas si longtemps. Ces mots des autres que j'ai faits miens pour ne pas me trahir. « Notre Père… »

Notre Père qui êtes aux cieux et pas sur la terre.

Notre Père qui êtes partout mais pas dans ce wagon.

Notre Père qui n'êtes pas mon père et certainement pas celui de tous ces morts qui chantent votre louange à leur façon, faite de gargouillis, de bruits de marécage.

Je récite le Notre Père avec mes camarades.

Et je m'aperçois qu'il me fait du bien.

Cherchant d'autres paroles, pas trop étrangères, courant après des mots qui m'aideraient encore, je sombre petit à petit, mes lèvres collent, ma bouche sans salive peine à s'ouvrir, ma voix se perd.

Me voilà près d'un ruisseau, je n'arrive même pas à m'en étonner. Il coule fiévreusement à mes pieds. Et un autre derrière moi. Et encore un autre. Il y en a partout autour de moi. J'ai soif. J'ai chaud. Je voudrais me plonger dedans, me laisser glisser dans toute cette eau, mais mes pieds sont pris dans la glaise, je n'arrive plus à bouger. Ce n'est plus de l'eau qui coule, c'est un marais. Je marche dans un marais à perte de vue. La terre m'aspire. Quand je tire sur ma jambe ça fait un bruit de succion. Ma cheville me brûle horriblement. J'arrache un pied à la boue. Je le repose un peu plus loin. Il s'enfonce en faisant remonter des bulles qui gargouillent à la surface. Mon pied colle, je tire, il ne vient pas. Je tire encore, ça m'élance dans tout le corps. Je tire, il ne vient pas. J'arrive à m'arracher à la fange. Au bout de ma jambe il n'y a plus rien. Je n'ai plus de pied.

Je me réveille. Je crois que j'ai crié.

Le train avance dans la nuit.

Un peu d'air filtre maintenant par tous les trous creusés, par les interstices ménagés à coups de couteau. L'odeur est insupportable, mais de l'air circule. Dans l'autre moitié du wagon, je vois la masse noire qui oscille au gré des cahots, comme un énorme tas de gelée, ballotté, à droite, à gauche. Il tient. On dirait que tous ces corps n'en font plus qu'un, immense, monstrueux dans la nuit.

Ma cheville me fait souffrir. Je passe ma main poisseuse dessus. Je la masse avec ce qui suinte de ma paume. Baume de ma propre sueur, douceur de cette saleté sortie de moi.

En face de moi, un camarade délire dans son sommeil, comme j'ai dû le faire sans doute. Il parle de sa femme, de ses enfants. On ne comprend pas tout ce qu'il dit. Les mots se perdent dans sa bouche. Je rampe jusqu'à lui et pose ma main sur son front. Il est bouillant. Je lui tourne la tête vers la paroi, j'essaie d'approcher son visage d'une petite fente où passe de l'air. C'est tout ce que je peux faire pour lui. Je rejoins mon coin.

Le camarade contre moi m'a vu bouger, il me demande si ça va. Je lui dis oui. Je dis que ça va. Il sait comme moi ce que ça veut dire : ça va ; je vis ; je suis encore un peu vivant. Je lui demande s'il va aussi. Il dit oui.

Alors, dans cette nuit pestilentielle, à travers les chiffons dont nous nous couvrons le nez, la bouche, nous commençons à parler, dans un souffle, comme s'il ne fallait pas réveiller ceux qui pourrissent là, à côté de nous.

Il doit être plus âgé que moi, mais impossible de lui donner exactement un âge. Je le regarde. Il a les yeux grossis par la fièvre et la fatigue, les joues boursouflées, la peau qui se détache par endroits. Je me dis que je dois lui ressembler, que je suis comme lui, que nous avons tous le même visage ravagé, et le même âge à présent. Il m'explique qu'il est de Paris, du quinzième, comme moi, mais de Balard. Nous troquons quelques noms familiers : Boucicaut, Lourmel, Cambronne, Convention, Javel, Émile Zola, La Motte-Piquet Grenelle. C'est merveilleux tous ces noms. C'est incroyable comme ils sont beaux, comme ils sonnent doux, tout à coup, surgis d'un passé tellement lointain, impossible, presque incompréhensible vu de notre wagon. Et pourtant, il y a deux mois, je parcourais encore ces rues, traversais encore ces places, sans soupçonner ce que leur nom pouvait avoir d'extraordinaire.

Il me dit qu'il tenait un bistrot rue Leblanc, et qu'en 43, un bombardement américain a failli le tuer, lui et ses clients. Je lui dis que je me souviens de ce raid-là. Que je connaissais une fille qui en est morte, la marchande de journaux. Décapitée par un morceau de fer. Disant cela, je m'en veux un peu, je me dis que j'ai tort de parler de ça, que ça nous ramène à notre horreur à nous, mais mon voisin n'a pas l'air de s'en rendre compte, il continue. Il me parle de la vie au bistrot. Des clients. De ceux qui rouspétaient tout le temps, et pas que depuis la guerre, ou ceux qui, au contraire, savaient le faire rire. Il dit :

« Et pourtant je ne suis pas un rigolo. » La phrase revient plusieurs fois dans sa bouche. Je ne suis pas un rigolo. Et moi je me demande si j'en suis un, si j'en étais un, si jamais je pourrai en être un. Il me dit qu'il a perdu sa femme très jeune, qu'il ne s'en est jamais remis. Qu'il ne s'est jamais remarié. Des filles parfois, juste pour le plaisir. Parce que ça lui manque trop. Il en parle sans pudeur. À voix basse, il donne quelques précisions qui me gênent, et je lui en veux. Je ne peux pas m'empêcher de penser qu'on est en plein cliché, que deux hommes dans la nuit qui parlent de femmes, c'en est presque risible. Surtout ici. Mais lui continue, m'oblige peut-être à cette simplicité-là. À ne pas me sentir supérieur. À abdiquer ça aussi, le passé, le savoir qui vous hausse, la bêtise profonde du savoir. Être un homme en ça aussi, qui écoute un autre homme parler de femmes au milieu des cadavres. Alors je l'écoute, et parfois je réponds, et nos paroles avancent ainsi dans le noir et la puanteur, nous faisant presque oublier l'odeur insupportable, le tas de corps qui grouille à nos pieds :

– Toi, tu es marié ?

– Non. Trop jeune.

– Tu as une amie.

– Non.

– Pas connu de femme ?

– Non.

– Alors tu mourras puceau.

Il me dit ça comme ça, sans méchanceté, plutôt comme une évidence un peu triste. Sans savoir pourquoi, je ne peux pas m'empêcher de lui répondre presque vivement : « Non. Je ne mourrai pas. » C'est ce qui me vient à cet instant précis. Une sorte d'orgueil imbécile. D'inconscience parfaite. Miraculeuse.

Je regrette presque aussitôt cet excès d'optimisme.

Mais lui, sans rien dire, m'a compris. Lui, que j'aurais volontiers méprisé juste avant, lui qui me parlait de filles comme si nous étions, lui, derrière son bar, et moi devant un verre, près de la place Balard, il me prend simplement le bras, sans un mot. Alors, je le remercie de même, en silence. Aussi immonde soit ce contact de nos corps couverts d'ordures, je sens que je n'ai peut-être jamais été aussi proche de quelqu'un qu'à cet instant précis.

Nous ne parlons plus. Nous n'avons plus besoin de parler.

Le silence et la fatigue nous bercent.

Bientôt, nous somnolons, puis nous nous endormons.

Nous sommes réveillés par quelques gouttes qui suintent du toit ; c'est un peu de pluie qui finit par tomber. J'ai perdu mon quart dans la bagarre, mais je me souviens avoir vu dans un coin la boîte de conserve qui nous a d'abord servi de tinette ambulante ; cela fait longtemps que nous ne l'utilisons plus et que nous nous contentons d'un bout du wagon, près du tas de cadavres. Avec la place qu'ils nous ont laissée, nous pouvons nous offrir ce luxe, presque de vraies toilettes, à l'écart, à l'abri des regards, sinon des grands yeux ouverts de ceux-là qui nous abritent… Alors je me mets à quatre pattes et cherche la boîte à tâtons pour essayer de récupérer un peu d'eau avec. J'avance dans le noir, attrapant parfois un pied ou un bras, parfois un visage qui grommelle, d'un qui dort ou agonise allongé, parfois la jambe dressée d'un qui arrive encore à se tenir debout pour respirer.

Après quelques minutes de ce voyage étrange, au milieu de tous ces corps, je finis par mettre la main sur la boîte, là où je me souvenais l'avoir vue, là où ma mémoire l'avait inscrite avant que je m'en souvienne, comme un trophée glorieux qu'il me faudrait exhumer et que j'exhume à présent dans la nuit du wagon. Avec un chiffon et un peu de paille, je la nettoie comme je peux. Je me dis que nous sommes tellement au-delà du dégoût que ça n'est pas très grave. Nos intestins et nos esprits en ont vu d'autres, depuis ce matin cinq heures – j'arrive à peine à croire que ça ne fait même pas un jour que nous avons quitté Royallieu.

La boîte « nettoyée », je me lève et recueille quelques gouttes, cherchant le trou le plus gros, la faille la plus large entre les planches du toit. Ce qui coule est poisseux, épais, sans doute plein de poussière de charbon. Mais c'est quand même de l'eau. Et je n'ose pas tendre le bras par la lucarne de peur des coups de fusil des gardiens. Je m'aperçois que je me suis remis à tenir à ma peau.

Comme la pluie tombe peu et que la vitesse la rabat sur les côtés, cela prend un temps fou pour remplir le fond de la boîte. Quelqu'un me relaie et je retourne m'asseoir.

Je ne retrouve pas ma place près du camarade de tout à l'heure.

J'en suis triste à en pleurer.

Je m'aperçois que je ne lui ai même pas demandé son nom. Nous avons parlé de Paris et des lieux que nous aimions, nous avons égrené des noms de lieux, mais les nôtres, non, nous n'en avons rien dit. Comme si nous n'en avions plus. Il est vrai que le mien, de toute façon, est faux. Mais quand même, c'est mon nom d'ici.

Je me glisse entre deux corps affalés contre la paroi. Celui de gauche est bouillant. Il a la fièvre, mais ne bouge pas. Celui de droite a un chapeau vissé sur le visage. Je comprends qu'il se protège de l'odeur et je l'envie d'avoir pu conserver un tel accessoire intact malgré la bagarre. Moi qui n'aimais pas les chapeaux avant guerre, je trouve celui-ci bien utile. Mais je réalise très vite que le corps de droite est aussi froid que celui de gauche est chaud.

Alors je fais tomber le chapeau.

Je devine, dans l'ombre, son visage. Le camarade a les joues gonflées. La bouche ouverte, les lèvres énormes laissent dépasser la boule de pain qu'il y a glissée pour s'étouffer. J'ai envie de vomir, et en même temps j'admire celui qui a réussi ça, qui a eu la force de faire ça, de se tuer comme ça, de ne pas résister aux convulsions, aux spasmes de tout son corps.

Je remets le chapeau sur son visage et j'appelle pour qu'on m'aide à le traîner de l'autre côté. Nous le prenons sous les bras. Le corps reste plié. Nous le laissons au pied de la pile, comme s'il dormait assis, le chapeau sur le visage. Paisible derrière son chapeau.

Pendant ce temps, la boîte de conserve s'est un peu remplie. On voudrait se ruer dessus. Un grand gars qui nous fait un peu peur dit qu'on va d'abord en donner aux blessés. Je le remercie intérieurement de son autorité. Il nous protège de nous-mêmes. Du coup, je l'aide à faire passer la boîte aux quatre les plus mal en point. Quand vient notre tour, il ne reste quasiment rien. Je reprends la boîte pour essayer d'attraper encore un peu d'eau, mais la pluie a visiblement cessé. Je regrette de n'avoir pas eu le courage de tendre la main à travers la lucarne. Heureusement, le plafond, encore humide, suinte toujours, et j'arrive à frotter mon chiffon dessus pour l'imbiber de l'eau qui reste. Je me rassois et écrase le tissu mouillé contre ma bouche, mon nez ; je le frotte sur mes joues. C'est extraordinaire ce que c'est bon. Ce liquide immonde est meilleur que tout ce que j'ai bu jusqu'ici. Je finis par glisser un coin du chiffon entre mes lèvres pour le sucer comme un enfant. Aux bruits que j'entends près de moi, je devine que je ne suis pas le seul, que d'autres doivent faire comme moi. Dans l'obscurité puante, deux, dix, quinze enfants assoiffés tètent consciencieusement.

Je ferme les yeux et me berce de cette musique irréelle.

J'ai dû dormir un peu, car quand j'ouvre les yeux à nouveau une lueur bleuâtre pointe à la lucarne. Devant les barbelés, la dernière planche a disparu. Sans doute quelqu'un l'a-t-il scindée en morceaux suffisamment petits pour qu'elle glisse à travers le grillage et tombe sur la voie. Du coup, l'air y passe tout à fait, et l'on voit le jour se lever.

Devant le rectangle bleu, je vois deux ombres qui en portent une troisième pour la faire respirer. Le train continue d'avancer. C'est donc que nous allons quelque part. On dirait même qu'il file à présent, enfin pressé d'arriver, et c'est presque du vent qui entre dans le wagon. Pas assez pourtant pour chasser l'odeur insupportable. Pas assez non plus pour qu'on s'y habitue. En même temps je me dis que si ça ne puait pas tant, il y a longtemps que nous aurions tous sombré. Plus que jamais nos morts nous protègent. Ils veillent sur nous et nous obligent à veiller.

Je me lève pour aider les deux camarades à tenir le plus faible. Je prends la place de l'un d'eux qui me remercie et va s'asseoir. Il n'y a pas de quoi me remercier pourtant ; je prends ma part de cet air presque frais qui m'arrache tout à fait au sommeil. J'en profite même pour voir défiler arbres et champs ; j'avais fini par oublier que ça pouvait exister, qu'un autre paysage que celui du wagon dévasté pouvait exister, au-dehors. Qu'un dehors pouvait exister.

Je ne sais pas où nous sommes, mais il doit être autour de six heures.

Cela fait vingt-quatre heures que nous avons quitté le camp.

Nous ramenons le camarade que l'air a ranimé. Un peu d'espoir nous porte, insensé.

Tout autour, des silhouettes commencent à bouger. Quelques-unes se mettent debout. D'autres, qui s'étaient affalées les unes contre les autres, se redressent avec précaution. J'en distingue une qui se glisse à quatre pattes près du tas de cadavres, disparaît derrière.

On entend de nouveau quelques paroles qui montent. Chacun s'assure que son voisin est vivant.

Des claques résonnent, et j'ai peur de voir repartir la folie de tout à l'heure ; mais c'est un camarade qui tente d'en faire revenir un autre qui s'est évanoui. Il le supplie de ne pas mourir, de ne pas le laisser là. Il lui dit doucement qu'il ne peut pas lui faire ça. Qu'il n'a pas tenu jusqu'ici pour partir comme ça, pour partir maintenant. Que l'aube est là, et avec l'aube la fraîcheur. Au bout de quelques minutes, il s'aperçoit que c'est à un mort qu'il parle, à un mort qu'il donne des claques. Alors il s'assoit à côté de lui sans rien dire, le couche sur ses genoux et lui caresse les cheveux avec une grande douceur.

Tous ceux qui sont encore valides continuent de faire le tour du wagon, de passer en revue notre sinistre troupe. Une étrange solidarité s'installe, à cette heure où le jour n'est pas encore levé et où l'on peut encore oublier les horreurs de la veille.

Le fou qu'on avait attaché est mort. On l'a mis en haut de la pile.

Avec mon chiffon, je nettoie le visage d'un camarade tout jeune, presque un enfant – je n'ai sans doute pas cinq ans de plus que lui mais je me sens si vieux maintenant. Je me souviens qu'il était monté avec son père à Compiègne, qu'un Allemand avait failli les séparer pour je ne sais quelle raison d'ordre absurde, mais qu'ils avaient résisté, qu'ils avaient tenu bon au prix de violents coups, sur l'un, sur l'autre, l'un protégeant l'autre, pour rester ensemble, pour affronter ensemble ce qu'ils croyaient être un moment difficile, un voyage pénible où ils auraient besoin l'un de l'autre. Un voyage pénible.

Je cherche autour de moi si je vois son père, mais au regard fixe du petit je comprends que le père n'y est plus, qu'il est dans la masse noire au fond du wagon, dans ce tas sans forme qui tangue et grouille. Je voudrais l'encourager, trouver des mots, mais je n'y arrive pas, alors je me concentre sur mon morceau de chiffon, je m'applique à essuyer ce front, ce nez, ces joues que barre une plaie noire et large, où le sang coule encore par filets sous la croûte. Je le nettoie comme je le ferais d'un petit enfant, moi qui n'en ai jamais connu, qui n'en aurai sans doute jamais. Avec le peu de salive qui me reste, je veux le rendre propre, je veux qu'il ressemble de nouveau à celui que son père a aimé, que son père voulait défendre, soutenir jusqu'au bout.

Et lui se laisse faire.

Il ne me regarde pas.

Je ne sais pas ce qu'il regarde.

Derrière moi, un camarade a pris une poignée de paille et s'applique à balayer le sol. On dirait qu'il y met la même tendresse que moi à nettoyer le visage du plus jeune. La même détresse au fond, car à quoi sert de nettoyer ceci ou cela, celui-ci ou celui-là ? On se croirait dans une grande chambrée à l'heure du réveil, au seuil d'une journée comme les autres, qu'il faut commencer digne et propre.

Digne et propre.

L'un de nous propose que nous nous comptions de nouveau. Nous le faisons, sagement. On ne croirait pas qu'il y a quelques heures c'était une mêlée sauvage, ici, un déchaînement d'horreur trop longtemps contenue.

Et l'étrange rengaine reprend, scandée par le roulement du train :

– Un.

– Deux.

– Trois.

– Quatre…

On a peur que ça s'arrête trop tôt.

– Cinq…

– Dix…

– Quinze…

– Vingt…

On voudrait que ça aille jusqu'à cent, comme si les morts pouvaient compter.

– Trente…

– Quarante…

– Cinquante…

Mais les morts ne peuvent pas compter. Les morts ne reviennent pas. Les morts se contentent de tanguer au bout du wagon.

– Cinquante et un.

– Cinquante-deux.

– Cinquante-trois.

– Cinquante-quatre.

– Cinquante-cinq.

– Cinquante-six.

On attend un peu. On espère. On a tort d'espérer. Je me le dis et le redis. Cela fait longtemps qu'on aurait dû oublier d'espérer.

Après cinquante-six il n'y a plus rien. Qu'un grand silence. Cinquante-six est le maximum de ce qu'on a pu faire, de ce que la nuit nous a laissé.

Nous restons cinquante-six.

Bien heureux d'être dans ces cinquante-six.

Le train continue sa course, mais beaucoup moins vite que tout à l'heure. Le jour s'est définitivement levé. On se relaie de nouveau aux lucarnes. Il fait moins chaud qu'hier, mais l'atmosphère reste lourde, à cause des morts. Au moins peut-on respirer plus librement quand même.

Quand c'est mon tour d'être près de l'ouverture, je m'applique à scruter le paysage.

Bien avant la guerre j'étais venu par là, en colonie de vacances, du côté de Bar-le-Duc. On ne devrait pas tarder à y passer. Tout à l'heure une pancarte indiquait « Bar 38 km ». Je me dis que je reconnaîtrai peut-être l'endroit. Il y avait un grand lac, près de la voie ferrée, où nous venions nager. Nous étions une trentaine d'enfants sous la garde de quelques adultes sévères mais qui nous aimaient bien, qui prenaient soin de nous. J'ai l'impression que c'était dans une autre vie, dans une vie qui n'est peut-être pas la mienne, et que peut-être je me suis contenté de lire ça dans un livre et de m'en faire une image si précise que j'ai cru que c'était ma propre vie.

Mais je cherche le livre, et je ne trouve rien.

Alors j'attends de voir le lac.

Malheureusement, malgré mon envie, je ne peux pas mobiliser la lucarne pour moi tout seul. Si le lac existe, sans doute vais-je le rater.

Après la soif du jour passé, c'est la faim qui commence à nous tarauder. À part la boule de pain distribuée au départ, et le morceau de sucre qu'un camarade m'a fait passer, je n'ai rien mangé depuis plus d'une journée. Je n'ai pas touché à la saucisse infecte que j'avais reçue aussi, et qui s'est perdue dans la mêlée de la veille.

Après la rémission du petit matin, l'angoisse et la rage remontent lentement.

Je voudrais que nous arrivions, ou au moins que nous nous arrêtions quelque part. Je voudrais sortir de ce wagon. Je m'aperçois que je ne suis pas le seul à n'en plus pouvoir, à perdre patience, à être pressé d'arriver, où que ce soit.

La tension monte de nouveau quand de nouveau quelques camarades parlent de s'évader. Je me rapproche du groupe d'où vient la proposition. Je ne connais aucun d'entre eux. L'idée serait de profiter des trous commencés dans le plancher, de les agrandir au maximum, de faire sauter une planche ou deux, puis de se laisser glisser sous le train. Évidemment, en plein jour, c'est de la folie. Au maximum trois ou quatre pourraient y parvenir avant que le wagon de queue ne nous repère sur la voie. Et alors, même ceux-là y passeraient sans doute. Mais qu'est-ce que cela fait ? Avec un peu de chance, quand même. L'un d'eux dit tout fort : « Pourquoi n'aurions-nous pas de la chance, cette fois ? »

Je pense : oui, pourquoi ? Mais pourquoi en aurions-nous ? Et pourtant je m'en moque. Je voudrais faire partie de ceux qui essaieront. Nous sommes encore en France ; après, il sera trop tard.

Mais les lâches aussi ont pu se reposer dans la nuit. Et ce sont les mêmes plaintes qu'hier.

– Vous allez tous nous faire fusiller !

Le ton monte, et l'on sent bien qu'une bagarre pourrait reprendre. Pourtant, notre petit groupe semble plus décidé que jamais. Nous savons que nous n'avons rien à perdre. Nous le disons. « Nous n'avons rien à perdre à présent. » Mais les autres ne l'entendent pas ainsi. Ils osent même dire qu'ils ne sont pas des « terroristes ».

Je n'en crois pas mes oreilles.

Ils se défendent de ne pas être des résistants.

Où est passé ce semblant d'harmonie, cette apparente solidarité qui nous avaient rapprochés au petit matin ? Une chape de plomb s'abat sur mes épaules.

Il n'y a donc rien à garder ?

Rien qu'on puisse sauver ?

Comble de tout, l'un de ceux qui veulent nous empêcher d'essayer menace de nous dénoncer. Un coup de poing part, mais la peur que tout recommence fait que cela s'arrête aussitôt. L'idée seule que la folie reprenne, la présence du tas, dans le coin du wagon, nous retiennent d'aller plus loin.

Les deux camps se séparent, s'éloignent le plus possible, sentant bien qu'il n'y a que ça à faire, qu'il faut tout faire pour empêcher que ça recommence. Que c'est la seule chose qui compte encore.

Au bout d'un moment, nous sommes tous assis à nouveau. Nous baissons tous la tête, accablés.

Je m'aperçois que l'excitation puis la colère m'avaient fait oublier la faim et la soif. Maintenant elles reviennent avec violence.

Heureusement le train ralentit nettement et fait diversion. On entend les freins qui crissent, puis le convoi s'immobilise tout à fait. Un camarade à la lucarne dit que ce doit être une gare. Il aperçoit un quai sur le devant. Cinq ou six autres se lèvent, se pressent près des ouvertures pour essayer d'apercevoir quelque chose. On entend juste le cri des soldats au milieu du silence. Puis, plus rien.

Cela dure bien un quart d'heure. Nous sommes tous aux aguets. Quelqu'un qui a pu garder sa montre dit qu'il est presque midi.

Brusquement, sans que nous ayons entendu le gardien s'approcher, la porte s'ouvre, nous fait sursauter. On pensait que ça n'arriverait jamais. On pensait qu'elle ne s'ouvrirait jamais, que nous resterions là, enfermés, jusqu'à la fin des temps, jusqu'à ce que nous ayons rejoint le tas.

Une bouffée d'air frais envahit le wagon en même temps que la lumière. À la grimace sur le visage du soldat, on devine que c'est l'inverse pour lui. Il passe la tête à l'intérieur, aperçoit la masse sombre, hésite un instant, puis éclate en imprécations : « Schweine ! Sie sind Schweine ! Alle Schweine ! », et avec un fort accent bavarois, pour être sûr que nous l'ayons compris, il précise : « Tous des porcs ! » C'est incroyable, mais sa tête me donne envie de rire. La surprise sur son visage, ce pli ridicule autour du nez, ce plissement du front qui fait glisser son casque sur ses yeux, il est vraiment grotesque. Oui, nous sommes tous des porcs au milieu de leurs ordures, des porcs dans la fange et la putréfaction. Nous sommes cela. Vous avez fait cela de nous. Mais toi qui te tiens là avec dégoût, tu me fais rire. Ce regard incrédule, cette moue, sont à mourir de rire, à défaut d'être déjà mort de faim, de soif ou d'horreur. Tu m'auras au moins donné ça, ce rire-là, à l'intérieur de moi, après toute cette horreur.

Évidemment, cela ne peut pas durer et tu nous gratifies très vite de votre « Raus » ordinaire. Cela fait si longtemps que je ne l'avais pas entendu.

Oui, nous allons sortir, et avec quelle joie, quel bonheur je peux dire, tu n'imagines même pas, toi qui recules déjà face à nous, toi qui nous tournes le dos, ouvres un autre wagon, délivres d'autres camarades que tu feras rire peut-être comme tu m'as fait rire sans savoir.

Nous descendons péniblement sur la voie, les plus valides aidant les plus faibles.

Nous retrouvons devant vous notre dignité.

Vous qui vouliez nous abaisser pour toujours, nous abaisser toujours plus, nous ravaler au rang de bêtes – et Dieu sait que vous y êtes arrivés –, vous nous redonnez à présent par votre seule présence, par votre air raide d'animaux dressés, un peu de notre humanité. Devant vous, nous sommes de nouveau des hommes, épuisés, abrutis, hagards, mais des hommes quand même. Loin de votre regard, dans le noir de ce ventre immonde où vous nous avez jetés, nous pouvions croupir et nous vautrer, mais devant vous nous nous levons, nous tenons droits, ou presque ; nous ne rampons plus tout à fait.

Je vois le jeune camarade que vous avez privé de père porter sous les bras un de ceux qui peut-être hier m'a sorti de la mêlée.

Je vois le grand gars qui me faisait peur tendre la main à un qui boite.

J'en vois un dont la main n'est plus qu'un chiffon saignant servir d'appui à un qui trébuche.

J'en vois un qu'une crise d'asthme étouffait il y a dix minutes, s'efforcer de respirer calmement pour guider un qui n'y voit plus rien.

L'aveugle et le paralytique.

Vous avez fait de nous une parabole. Nous la retournons contre vous.

Une parabole que je pourrais emporter en enfer, puisque de l'enfer elle m'aide à sortir debout. Boitant moi aussi, mais debout.

Ce n'est pas l'Ange que j'ai combattu cette nuit.

Ou pas le bon.

Tandis que nous descendons du wagon, les Allemands nous comptent, pour être sûrs que pas un ne manquera quand nous repartirons. Ils tiennent trop à nous. Comme le ballast est trop étroit, on nous fait passer de l'autre côté d'un petit fossé, dans un champ de pommes de terre où ils ont installé des fusils mitrailleurs pour que personne ne s'échappe. Nous nous asseyons sur le sol détrempé et regardons les autres wagons se vider. Partout les camarades sortent ahuris, effarés, dans un état de faiblesse incroyable ; mais le nombre de survivants varie selon les cas. Ici, j'en compte une vingtaine ; là, plus de soixante-dix. Et dans le wagon où j'aurais été si je n'avais pas changé de centaine à Compiègne, dans ce wagon qui aurait dû être le mien, c'est pire que tout ce qu'on peut imaginer. Un seul descend. Un seul. Personne ne peut le croire, mais c'est bien ça qu'on voit : la porte est grande ouverte, et un seul homme descend.

Un seul homme.

Un seul homme sur les cent du départ.

Un seul sur cent.

Et encore… Il a les yeux tellement agrandis qu'on ne voit plus son regard au fond de ses yeux. Quand un des nôtres essaie de lui parler, il ouvre la bouche à plusieurs reprises sans rien dire. Rien ne sort. Rien ne peut plus sortir de la bouche de celui-là qui a vu ça, vécu ça.

Je me répète que j'aurais dû être dans ce wagon ; je me dis et me redis : j'aurais dû être là, dans ce wagon métallique, où la chaleur a dû être plus atroce que partout ailleurs ; je me dis que ce que nous avons vécu, nous, n'est rien, puisque nous sommes encore cinquante-six, cinquante-six en mauvais état, mais cinquante-six quand même.

Et soudain je pense à celui qui a pris ma place dans ce wagon. Au premier qui a changé de centaine avec moi, sur le chemin de la gare. À celui qui est là, à présent, dans un tas qui doit être bien plus grand que celui de notre wagon, bien plus grand et bien moins rangé. Nos morts à nous, nous étions encore assez nombreux pour les empiler proprement.

Mais lui, tout seul…

Lui,
tout seul.

Depuis que nous avons compris ce qui s'était passé, nous n'arrivons plus à détacher nos regards de ce wagon, ni de cet autre que les Allemands ont refusé d'ouvrir. Nous essayons d'imaginer ce que ce doit être, là-dedans.

La pluie se remet à tomber, fait un peu diversion. Nous pataugeons assez vite dans la boue, mais trop heureux d'y patauger. Nous tournons nos visages vers le ciel, ouvrons grand la bouche pour aspirer quelques gouttes. Certains même n'hésitent pas à plonger la tête dans la rigole entre le champ et la voie. Les Allemands laissent faire.

Presque totalement nus, plusieurs d'entre nous ont réussi à remettre un pantalon – le leur ou celui d'un mort, plus grand ou plus petit qu'eux, à en croire la taille des jambes ; nous voilà comme un peuple de zombies aux culottes trop courtes, trop longues, mal ajustées. Par chance, j'ai retrouvé le mien. Il est déjà trempé de pluie, et sur mes pieds coule un liquide noirâtre, plus fangeux que la fange dans laquelle nous marchons, à laquelle il se mêle. Nous formons un spectacle étrange, hallucinant.

C'est ce que doit penser un paysan à vélo qui prenait un sentier à travers champs et s'est arrêté stupéfait, à une centaine de mètres. Il nous regarde comme s'il avait vu des fantômes, une armée de fantômes. Je me dis qu'il n'a pas tout à fait tort. Mais le cri d'un soldat le réveille, qui lui donne l'ordre de s'en retourner, braquant son fusil sur lui. L'autre, effrayé, ne demande pas son reste, en oublie même de remonter sur son vélo qu'il porte en courant.

Le spectacle s'est inversé.

Nous regardons celui qui nous regardait.

On le dirait sorti d'un film de Buster Keaton, la musique en moins.

Le répit ne dure pas. Les soldats désignent plusieurs d'entre nous pour sortir les cadavres des wagons les moins pleins et les entasser dans les autres. Je suis du lot. J'ai la chance de ne pas être affecté au mien, ou, pire, au wagon métallique, mais à un wagon où les camarades s'en sont mieux sortis. Dans celui-là, il n'y a que dix-sept corps, mais je sais maintenant que dans d'autres il doit y en avoir soixante-dix ou quatre-vingts ou plus encore.

Au début, nous sortons les cadavres avec précaution. À moitié décomposés, défigurés par la chaleur ou par les coups, ils commencent à partir en morceaux. Les Allemands écœurés nous obligent à accélérer, si bien que très vite nous sommes forcés de les jeter sur le ballast. Certains membres se brisent, des têtes s'ouvrent, des ventres se déversent sur la chaussée. La nuit, c'était abominable ; mais en plein jour…

J'essaie de ne pas regarder, je m'efforce d'être une mécanique. Je charrie des sacs, pas les corps de mes camarades.

Mais la réalité se rappelle à moi sous la forme d'un gémissement très distinct.

Celui-là que je porte, celui-là dont j'ai pris les bras et qui semblait si froid, celui-là n'est pas mort. Il était seulement pris sous le tas. Il va peut-être s'en sortir. Alors, nous retrouvons nos gestes pleins de précaution pour le déposer sur le sol le plus délicatement possible. C'est un miracle que nous ayons pu le sortir vivant. J'attrape dans mon pantalon le mouchoir que j'y avais laissé, et je commence à essuyer son visage comme je l'avais fait pour le gamin de mon wagon. Mais un coup de crosse violent m'envoie rouler loin de là. Je n'ai pas le temps de comprendre ce qui se passe, ni de porter la main à mon épaule, que j'entends la détonation d'un fusil.

Ils ont achevé le camarade.

Ne pouvant rien faire, me frottant le bras, je remonte dans le wagon pour chercher le dernier corps.

Pendant ce temps, d'autres prisonniers ont fait la manœuvre inverse, chargeant ceux que nous avions déchargés dans les quatre wagons de tête. Les uns jettent des corps dehors, d'autres jettent des corps dedans.

Tout est bien organisé.

Tout est allemand.

Sur chacun des quatre wagons, un soldat inscrit un chiffre à la craie : 120, 120, 120, et sur celui-là : 121. C'est presque parfait.

Je termine mentalement l'addition quand apparaît un cortège improbable.

Trois hommes, dont deux portent des parapluies, viennent dans notre direction, courant presque sur la route, sur des jambes qui paraissent ridicules. Après le cycliste de tout à l'heure, on a l'impression que le cirque continue. On en oublierait ce qui vient de se passer, et les morceaux de corps qui nous restaient dans les mains.

On ne sait plus où on est.

L'un des hommes, celui du milieu, que les deux autres abritent de leurs parapluies, avance le ventre barré de rouge. Il faut un moment pour comprendre que c'est une écharpe tricolore qu'il arbore. Il avise le premier soldat qui s'est avancé et commence à lui parler, très agité. Le soldat, surpris comme nous par cet attelage un peu grotesque, désigne un officier près de moi, peut-être celui qui a tiré sur le moribond, ou donné l'ordre de tirer.

Je vois les trois hommes s'approcher, le visage rouge, sans qu'on puisse savoir si c'est de colère, de la fatigue d'avoir couru sous la pluie, ou d'un trop-plein de santé qui paraît déplacé où nous sommes. Celui du milieu, maire du village tout proche sans doute, ne laisse pas l'Allemand ouvrir la bouche. Il demande qu'on lui laisse les cadavres du convoi ; il veut les enterrer dans son cimetière, il répète qu'il les veut ici, dans son cimetière, « en terre de France » ; il dit qu'on ne peut pas les emporter comme ça, que ça défie toutes les lois. On se croirait dans un roman de chevalerie.

Mais nos geôliers ne sont pas des chevaliers.

L'officier répond calmement, après avoir laissé le petit homme rouge terminer son discours :

– Tous les déportés doivent arriver à destination.

– Mais ceux qui sont morts ?

– Tous. Morts ou vivants. Tous. Sans exception.

Le visage du maire est plus incrédule que jamais. Il insiste pourtant courageusement. Il demande qu'on lui rende les morts. « Vous ne pouvez pas faire ça. »

Je me dis qu'ils peuvent tout faire, qu'ils ont fait bien pire, qu'ils ont tout fait, et j'ai peur pour le petit homme rouge.

Ce qui est incroyable, c'est que depuis son arrivée, sous les parapluies ridicules de ses adjoints, tout semble s'être arrêté. Tout le monde, soldats comme prisonniers, tous ceux qui ont du moins la force d'ouvrir les yeux, les ont braqués sur le trio incroyable. On s'attend à tout moment qu'un des soldats, ou l'officier, mette en joue ces hommes sortis d'un autre temps, d'une autre réalité que la nôtre, pour les y renvoyer de la seule manière que connaissent les Allemands.

Mais l'officier répond, miraculeusement, sans hausser la voix.

Avec un grand calme, il propose aux trois hommes de monter dans le train pour accompagner « leurs » morts.

Le visage du maire se décompose. Il ne s'attendait pas à une telle réponse. Il ne s'attendait pas à une telle douceur pour une telle réponse.

Il hésite. Il se balance sur un pied. Puis se retourne sans rien dire et s'en va.

Ses adjoints qui ont blêmi comme lui, peut-être un peu moins courageux, un peu moins préparés à jouer les héros, sont restés figés sur place. Quand ils s'aperçoivent que leur maire n'est plus là, ils se retournent brusquement et le rejoignent à grands pas.

Fin de la parenthèse.

La comédie est finie.

Pourtant, alors que nous pensions qu'on nous ferait remonter dans les wagons aussitôt, l'officier donne l'ordre qu'on envoie plusieurs d'entre nous chercher de l'eau et de la nourriture au village. Une nouvelle fois un soldat m'a désigné avec un camarade. Mais cette fois je m'en réjouis, malgré ma cheville qui me brûle toujours, et mon épaule endolorie. Je me dis obscurément que m'éloigner de ce train me sauvera peut-être ; je me mets à imaginer je ne sais quoi, je ne sais quel scénario improbable.

On nous a donné à remplir la tinette d'un wagon qui avait la chance d'en avoir une. Nous la vidons d'abord dans le fossé. Cela ne nous fait plus rien. Puis nous nous dirigeons, accompagnés par un soldat, vers le poste du garde-barrière. Nous n'aurons pas à aller très loin, et, si nous devons revenir, ce sera ça de fatigue en moins.

Si nous devons revenir…

Je m'aperçois que je commence réellement à échafauder un plan. Je regarde mon camarade. Mais celui-ci ne lève pas les yeux vers moi. Il tient à peine sur ses jambes. Je ne comprends pas pourquoi on l'a choisi. Ses cheveux bouclés lui donnent un air d'enfant, mais il courbe le dos comme un vieillard. Discrètement je lui parle tandis que nous approchons de la maison. Il a l'air de ne pas m'entendre, contrairement au soldat qui du plat de la main – pour une fois que ce n'est pas une crosse – me frappe violemment dans le dos en criant : « Ruhe ! » Qu'est-ce que ça peut lui faire qu'on parle ? De toute façon l'autre n'entend rien.

La garde-barrière, car c'est une femme, je m'en aperçois seulement maintenant, a dû tout voir depuis l'arrêt du train. Elle nous accueille sans rien dire, mais son visage parle mieux que tous nos mots. Elle n'ose pas nous sourire, mais on voit qu'elle voudrait nous aider, nous faire un petit signe, rien, nous encourager à sa façon. Mais le soldat est là et elle ne sait pas quoi dire, quoi faire. Elle nous montre le puits.

Je penche la tête au-dessus. Je regarde toute cette eau. Je regarde ça dont on a rêvé pendant des heures. Ça qui aurait pu nous sauver. Ça qui me donne le vertige tout d'un coup.

Le bruit de la chaîne et du seau me réveille.

L'espace d'un instant j'ai envie de pousser le soldat dans le puits, de le pousser et de m'enfuir. Mais je ne suis même pas sûr d'avoir la force de le pousser. Et mon camarade pourra-t-il m'aider ? Le voudra-t-il seulement ?

Je regarde la garde-barrière qui tourne la manivelle.

M'a-t-elle compris ? Cette fois, elle me sourit.

C'est tout ce qu'elle peut faire. Me sourire. Pas m'aider à pousser l'Allemand dans le puits. Une fois lui dans le puits, quoi ? qu'est-ce qui se passerait ? qu'est-ce qu'elle pourrait faire ? qu'est-ce que nous pourrions faire tous les trois, au bord du puits ? Courir ? Je n'ai même plus de chaussures. Et elle n'a pas de raison de s'enfuir. Je réalise que tout cela n'a pas de sens.

Un premier seau est remonté. La garde-barrière voudrait nettoyer la tinette, mais le soldat l'en empêche et crie « Los ! Los ! » Au point où nous en sommes de toute façon… Il faudra se contenter de cette eau infecte. Ce sera toujours de l'eau. Et puis nous ne pouvons être plus malades que nous le sommes.

Notre immonde récipient rempli, il nous faut le rapporter au train. Je m'aperçois que faible comme est mon camarade, ce ne sera pas facile. Cette eau qui pourra nous sauver plus tard, faute de l'avoir fait plus tôt, pour l'instant nous casse le dos.

Nous reprenons le chemin du train. Il n'y a rien d'autre à faire, pas d'échappatoire. Pas d'évasion possible. Rien que le train. Le wagon.

Je ne me suis pas retourné pour remercier la garde-barrière. Je n'ai pas eu le courage. Mais je sens son regard dans notre dos. Sans la voir, sans avoir échangé un mot avec elle, je sais qu'elle est aussi désemparée que nous, qu'elle aurait voulu faire quelque chose pour nous, qu'elle aurait voulu nous aider mais qu'elle n'a rien pu faire. Au moins, elle ne nous oubliera pas. Pas avant longtemps. Quelqu'un se souviendra de nous pendant quelques jours, peut-être quelques mois.

Et après ?

Mon compagnon a trébuché. Le tonneau a failli se renverser. Comme je portais l'essentiel du poids, j'ai pu éviter le pire. Cela n'empêche pas le soldat de frapper le camarade, et cette fois à coups de crosse, et de hurler après lui :

– Jude ! Schmutziger Jude ! Jude !

Ses cris me font frémir. Instinctivement, je rentre les épaules. Je me dis qu'il va le tuer, qu'il va peut-être me tuer après, moi qui ai posé la tinette à terre. Mais il se passe une chose incroyable. L'autre se relève et hurle à son tour sur le soldat :

– Ich bin kein Jude ! Je suis chrétien ! Je suis chrétien !

Le soldat s'est arrêté de hurler. Mais l'autre a pris le relais. Je me dis qu'il est fou, que cela ne va pas durer, que juif ou pas il va se faire tuer, qu'il va nous faire tuer tous les deux. J'ai les mains qui tremblent, mais il continue. Il répète qu'il est chrétien. Que, plutôt, il était chrétien, qu'il était chrétien jusqu'à hier, mais que maintenant il n'est plus rien. Que maintenant il n'est plus rien. Que les Allemands ont tué ce qu'il était, qu'ils ont tué Celui auquel il croyait, et qu'ils l'ont tué lui. Que maintenant il ne croit plus en rien. Qu'il ne croit qu'aux Allemands. Qu'il n'y a que ça qui existe pour lui. Les Allemands et le diable. Et il le répète à la face du soldat, il le répète dans sa langue, par défi :

– Ich glaube nur im Deutsche und Teufel. Deutsche und Teufel.

Aussi incroyable que ça puisse paraître, le soldat ne dit rien. Il hésite. Il se tait. Nous regarde. Puis il regarde le tonneau à mes pieds. Et pointe aimablement son fusil sur moi, en disant simplement :

– Wasser !

Nous reprenons notre chargement sans rien dire. Le camarade s'est calmé. Arrivés jusqu'au train, il m'aide à le hisser dans un wagon qu'un autre Allemand nous désigne. Mes mains tremblent toujours. Heureusement, le soldat nous renvoie dans le champ où les camarades qui ont vu la scène nous observent avec de grands yeux. Je me rassois dans la boue. Je me plie en deux. J'attrape mes chevilles avec mes mains pour faire passer le tremblement. Je ne sais plus pourquoi je tremble. De froid ou de peur. Jusqu'ici je n'avais pas eu peur. Ni froid.

Du temps se passe ainsi. La pluie tombe toujours, mais moins fort.

Je ne vois plus rien.

J'essaie de ne pas penser.

De ne rien attendre. Même pas la nourriture qu'on nous a promise.

Pourtant, sur la route, on voit bientôt arriver un nouveau cortège. Ce sont des femmes escortées par des soldats. Les Allemands ont refusé que des hommes les accompagnent.

Pour aider les femmes, il n'y a que les camarades envoyés au village. Ils sont une douzaine qui portent de grosses bassines. Derrière, les femmes suivent avec des paniers. On préfère ne pas imaginer ce qu'il y a dedans. Quand tout le monde arrive au train, les soldats renvoient les femmes.

Celles-ci hésitent d'abord.

Certaines se balancent sur leurs pieds, comme le maire tout à l'heure.

Elles nous regardent impuissantes.

Puis finissent par partir.

Nous sommes prêts à nous ruer sur les bassines et les paniers. Évidemment les soldats nous font mettre en rang.

On finit par nous distribuer une soupe assez claire, avec quelques légumes jetés à la va-vite, à peine cuits, et une pomme de terre crue chacun, que les soldats sortent des paniers, en se servant bien sûr au passage. Au bout du compte il n'y en a pas assez et il faut partager avec les camarades.

Peu importe.

Peu importe que la soupe soit trop claire.

Peu importe que les pommes de terre soient crues.

Peu importe, même ça, qu'il y en ait trop peu.

C'est tellement plus que ce que nous avons eu jusqu'ici. Tellement plus que ce que j'avais rêvé dans ce champ.

Malgré la faim qui persiste, plusieurs d'entre nous ont repris des couleurs. J'entends même, c'est incroyable, j'entends même quelques rires.

Je retiens le nom du village inscrit sur la maison de la garde-barrière : dans Révigny, il y a « rêve ».

Mais le rêve ne dure pas. Il faut très vite remonter dans le train. Les Allemands nous répartissent dans les dix-huit wagons sans cadavres.

Celui où je dois monter n'est pas celui où j'étais, et c'est presque un soulagement. On m'a mélangé avec d'autres camarades. Je ne retrouve pas ceux de mon premier wagon. Ne plus être avec eux me serre le cœur, comme si j'avais oublié que certains avaient sans doute pensé me tuer, comme moi-même j'ai eu envie de les tuer, pour faire de la place, avoir de l'air, de l'eau. La mort, ça rapproche, surtout celle qu'on veut donner.

Mais ils n'ont pas le temps de me manquer. Un de ceux qui me tendent la main pour grimper dans mon nouveau wagon m'a reconnu et m'appelle par mon nom, sans réfléchir. Même s'il a parlé bas je l'insulte intérieurement et fais mine de ne pas le connaître :

– Pas Weismann. Vilar. Je suis Vilar. Je suis suisse.

L'autre heureusement n'insiste pas. Il y a des rencontres amicales qu'il vaut mieux, ces temps-ci, ne pas faire.

Comme nous sommes moins serrés, j'en profite pour me faufiler le plus loin possible, et par chance j'atterris à la lucarne de devant. Nous ne sommes plus que soixante-treize et nous sommes presque à l'aise. Un mort, ça prend moins de place qu'un vivant, c'est plus facile à entasser ; c'est l'avantage pour ceux qui restent. Ce qui m'inquiète, c'est que mon wagon suit juste celui resté fermé à Révigny. Je ne peux pas m'empêcher de penser à lui, à tous les camarades qui sont dedans, sans doute tous morts. Inutile de l'ouvrir, c'est ce que les Allemands ont dû se dire. Ils nous auront au moins épargné ça, transvaser cent cadavres dans les wagons de tête. J'imagine cette tombe sur roues, qui nous précède, comme nous montrant la route. Je me dis soudain que l'odeur va très vite devenir insupportable. Je ne pense plus qu'à ça, l'odeur de ces morts que le vent va rabattre sur nous. Je m'en veux de ne penser qu'à ça. Mais comment penser à autre chose ? comment imaginer seulement le visage des vivants qu'ils étaient il y a quelques heures encore ? Ils sont en train de se fondre lentement en un seul grand visage, grimaçant, pleurant par tous ses pores, une seule masse qui s'affaisse, un seul corps pour cent corps, une seule chair.

J'aimerais ne plus l'avoir en tête, mais je n'y arrive pas. Mes souvenirs ne peuvent rien contre ça qui fend l'air devant nous. Je les convoque en vain, j'essaie en vain de me concentrer sur autre chose. Cette chose-là, il n'y a rien à faire contre elle. C'est la Chose qui me regarde, au plus profond de moi. Elle me poursuit quoi que je fasse.

Il y a à peine dix minutes que nous sommes repartis quand le train s'arrête de nouveau. Nous ne disons rien, mais je suis sûr que nous pensons tous la même chose, qu'il ne faut plus s'arrêter, qu'il faut en finir une bonne fois, que peu importe ce qui nous attend, nous voulons arriver, et vite, oui, en finir.

Je ne crois pas si bien dire.

Ils ont ouvert le wagon devant nous.

Les camarades se pressent près de moi pour regarder. Les lucarnes de mon nouveau wagon ont conservé presque toutes leurs planches, qui nous barrent encore largement la vue. Nous n'osons pas les faire tomber pendant que le train est à l'arrêt. Heureusement, deux d'entre elles sont suffisamment disjointes, et je peux entrevoir ce qui se passe devant.

Je n'en crois pas mes yeux.

Du wagon que je croyais rempli de morts, sort miraculeusement une file interminable de camarades, que les Allemands font descendre en hurlant, à coups de crosse, de botte et de cravache. Mais aucun d'eux ne parle. Ils suivent docilement les soldats, quittent la voie, trébuchent, se relèvent, traversent le fossé, toujours sous les coups et les hurlements, et s'éloignent du train, épuisés, harassés, en haillons.

En voyant les deux mitrailleuses que portent leurs gardes, je comprends tout à coup ce qui se passe. Le miracle sera de courte durée. Ils vont les fusiller. Ils ont dû tenter de s'évader. Ils les emmènent à l'écart pour ça. Il n'en restera pas un. Ce que je voyais dans ma tête, ce que j'imaginais dans le noir du wagon, c'est ce qu'ils seront dans quelques minutes sur le bord d'un chemin.

Tout le monde se tait.

Tout le monde a compris.

Et ceux qui partent savent vers quoi ils partent. Nous étions prévenus.

L'un d'eux se retourne vers le train, comme s'il cherchait notre regard, puis s'efface avec les autres, derrière un buisson du chemin, suivi par d'autres camarades qui n'ont même plus la force de nous regarder, et avancent docilement.

Le dernier a disparu.

L'attente se fait lourde, pesante, et je me souviens de Fresnes, de cette même attente, insupportable, des fusillades mortelles.

Combien de temps se passe ? Impossible de savoir. Ça n'en finit plus. On est là, l'oreille tendue, attendant le crépitement des mitrailleuses. Un camarade derrière moi s'est mis à prier tout haut, et deux ou trois reprennent avec lui. Je ne peux pas m'empêcher de penser qu'aucune prière ne pourra sauver, ni même aider, ceux-là qui sont partis. Il y a quelques heures, je crois que je les aurais enviés. Mais à présent une immense pitié m'envahit, une immense tristesse, pour eux, pour moi, pour nous tous. Avoir subi tout ça, pour finir au bord d'un champ.

Si le voyage dure encore deux jours, il n'y aura plus aucun vivant dans le train. Ils nous auront tous tués, ou laissés nous tuer, avant de nous entasser dans ces wagons, comme dans un immense cimetière mobile.

Tout cela n'a aucun sens.

Pourquoi ne nous ont-ils pas exécutés à Fresnes ou à Royallieu ?

Peut-être ne pouvaient-ils tous nous enterrer là-bas ?

Peut-être que le cimetière est au bout du voyage ?

Peut-être que c'est là qu'ils nous mènent, que c'est à ça que sert ce train, un long corbillard de vingt-deux wagons, pour nous enterrer loin, et que personne ne nous voie, que personne ne sache où ?

Sinon, à quoi bon tout ça ?

Dans le wagon, le silence dure, comme suspendu, intenable.

On se prend à espérer les coups de feu, pour que ça cesse. Pour que cesse l'attente. Pour que tout cesse. Oui, encore une fois, qu'on en finisse une fois pour toutes. Pour eux. Pour nous.

Mais un deuxième miracle se produit : un camarade réapparaît, puis deux, puis trois, puis tout le wagon qu'on avait cru perdu ; ils sortent du chemin, traversent le fossé, refont le trajet à l'envers, comme si rien ne s'était passé. Les soldats aboient toujours, ils frappent toujours, au hasard, sur les épaules, sur les têtes, dans les dos, mais nos camarades sont là, vivants, qui avancent vers leur wagon. On ne comprend pas ce qui se passe, on n'en croit pas ses yeux, ses oreilles. Ils sont comme deux fois revenus de la mort même, pour sortir du wagon et pour y remonter, avec, à chaque fois, la même docilité. Quand soudain, un coup de feu nous rappelle à la réalité, comme à chaque fois qu'on a cru pouvoir espérer, se réjouir, croire de nouveau en quelque chose, en l'homme.

Deux Allemands apparaissent, portant un corps.

Un seul.

Ils n'en ont tué qu'un. Ça ne leur ressemble pas, mais ils n'en ont tué qu'un. Est-ce ça, le miracle ?

Le wagon de devant est à nouveau plein, avec un tout petit peu d'espace en plus. La porte se referme.

Très vite, le train redémarre, lentement. Il se traîne, à l'image de sa cargaison. On dirait qu'il trébuche lui aussi, s'arrête par à-coups, repart, s'arrête de nouveau, hoquette, nous dedans, de nouveau prisonniers de la chaleur qui nous étouffe. Mais cette fois nous tenons bon et gardons nos habits, ceux que nous avons pu récupérer, pour que la transpiration ne nous tue pas, ne nous rendent pas fous. Le peu de place que nous avons en plus nous aide à respirer un peu mieux.

Ça n'empêche pas l'un de nous de mourir bientôt, sans rien dire. Et nous non plus ne disons rien. La mort est devenue ordinaire, et celle-ci fut si douce, à peine visible…

Deux camarades allongent le cadavre dans un coin, comme nous l'avons fait si souvent jusque-là.

Nous voilà soixante-douze plus un mort. Le train continue.

Nous arrivons à Bar-le-Duc. Je n'ai pas vu le lac de mon enfance.

La gare est presque vide. Dans les immeubles qui donnent sur les voies, on aperçoit des rideaux qui se soulèvent, timidement. Entre les panneaux de bois de ma lucarne, je vois deux fenêtres, l'une au-dessus de l'autre, et dans l'encadrement de chaque fenêtre des silhouettes qui se dessinent. On dirait que notre train ne passe pas inaperçu. Ils ont dû en voir passer des trains, pourtant, depuis le temps. Mais le nôtre n'est pas un train comme les autres. L'odeur qui s'en dégage le signale à l'attention de tous ceux que les trains doivent blaser, de tous ceux que les doigts des prisonniers aux barbelés des lucarnes, que les mains tendues, les visages noirs des wagons ne peuvent plus surprendre.

Ils ont tout vu. Pour toujours, jusqu'à la fin des temps. Spectateurs privilégiés de l'horreur ordinaire.

Sauf que la nôtre, d'horreur, n'est pas ordinaire.

Notre horreur à nous ne ressemble à rien.

C'est ce qu'ils doivent se dire.

Pas besoin des coups de feu dans les vitres de ces fenêtres, pas besoin de la disparition soudaine des silhouettes trop curieuses pour le comprendre. Nous ne sommes pas un spectacle comme les autres.

Pas de témoins pour nous.

Nous passons comme qui dirait incognito. Personne ne doit savoir ce que nous sommes.

Les Allemands auraient-ils enfin honte ? Je ne crois pas. Il doit y avoir d'autres raisons. Rien ne pourra, jamais, les racheter. Même la honte.

Si, après quelques minutes pendant lesquelles le train a roulé tout doucement, nous sommes de nouveau arrêtés, mais sur une voie de garage, loin de tout regard, c'est pour une obscure raison militaire ou politique. Pas pour soustraire ce qu'ils nous font au jugement des hommes. De ça, au moins, je suis sûr, à défaut de comprendre ce qu'ils nous font et pourquoi ils le font.

Un quart d'heure ne s'est pas écoulé, nous repartons.

Pour la millième fois peut-être, nous repartons.

S'arrêter. Repartir. S'arrêter. Repartir. Nous n'aurons fait que ça depuis deux jours.

Nous nous y habituons. On s'habitue à tout visiblement.

Le jour va bientôt tomber.

Nous allons passer notre deuxième nuit dans ce train. Au moins aurons-nous vécu ce deuxième jour avec un seul mort dans le wagon. C'est presque incroyable.

Dans mon nouveau wagon, les hommes ne parlent guère. Sans doute la première partie du voyage nous a-t-elle ôté pour longtemps l'envie de discuter. Et pourtant, j'ai plus que jamais le sentiment que c'est tout ce qui nous reste, la parole. Et peut-être que ce sera trop tard demain. Ou dans une heure.

Pourtant, le train continue d'avancer avec la nuit qui vient, et aucun d'entre nous n'est mort depuis Bar-le-Duc.

Il ne doit pas être loin de dix heures du soir, et l'un de nous aperçoit un panneau « Novéant ». Un autre, qui doit avoir mon âge, à peine, avec une voix naïve et enjouée comme je ne croyais plus possible d'en entendre, lui répond aussitôt :

– Oh ! les gars ! C'est chez moi...

Encore un qui repasse chez lui pour ne sans doute plus y revenir. Comme si notre train s'acharnait à renvoyer à tous ces hommes un peu de leur passé, pour mieux leur faire comprendre que c'était bien fini.

– C'est chez moi, je vous dis. C'est trop drôle.

Drôle. Un autre mot que je n'aurais jamais cru entendre à nouveau. Pour lui, c'est drôle d'être ici.

Ironie du sort, notre wagon s'immobilise juste en face de sa maison natale. Du coup, on ne peut plus l'arrêter. Il parle, parle, ne cesse plus de parler, comme si ça pouvait encore le relier à ça, qu'il va quitter définitivement. Il nous explique comment ses parents sont venus s'installer là, après l'autre guerre, comment son père avait choisi cette maison, jouxtant la gare, pour voir les trains passer, parce que tout petit déjà, il était fou de trains et qu'il avait voulu avoir son rêve sous les yeux, tous les jours. Comme un homme épris de voyage, et qui ne partira jamais, vient habiter un port pour regarder partir les transatlantiques et s'imaginer partir avec eux. Chacun ses rêves. Chacun son impossible. Celui-ci a dû en voir passer, des trains. Je ne peux pas m'empêcher de me réjouir pour lui d'être mort au moment du Front populaire – de joie, nous dit son fils, avec un peu de nostalgie. L'un de nous émet des doutes sur la possibilité de mourir de joie, mais l'autre insiste. Crise cardiaque, il dit. Il était trop heureux. Mourir de bonheur, cela laisse rêveur ceux que nous sommes. En tout cas, il est mort, et notre train, c'est du moins ça que la mort lui aura épargné, et tous ceux qui n'ont cessé de défiler depuis des mois.

Pourtant, sa mère vit encore… Penser que sa mère est peut-être là, qui nous regarde, lui serre tout à coup le cœur et le plonge dans un silence qu'aucun de nous n'a envie de rompre.

Étonnamment, ils ont braqué des projecteurs sur le convoi. Sans doute craignent-ils une nouvelle tentative d'évasion. Du coup, côté discrétion, c'est un peu raté. Il n'y a plus que nous d'éclairés dans la nuit, nous et les silhouettes qui continuent de s'affairer sur les quais, traversent parfois le halo, puis disparaissent dans l'obscurité.

Le camarade sort soudain de son silence. Il a reconnu deux cheminots. Petit, son père l'emmenait boire le canon avec eux et, tous les deux, père et fils, le fils jouant déjà à être un « grand », ils les écoutaient parler de leurs voyages comme s'il s'était agi de héros antiques. À l'en croire, Ulysse ou Énée n'avaient pas plus de prestige à ses yeux ; et eux au moins, ils pouvaient boire un verre avec.

Pourtant, si ses héros n'ont pas changé, il s'aperçoit que leur casquette si : c'est maintenant celle des chemins de fer allemands, détail qui le rend de nouveau songeur, tandis que le train redémarre doucement pour gagner une nouvelle voie de garage.

Nous n'avons guère à attendre cette fois pour que quelque chose se passe. Les projecteurs se sont éteints, mais nous entendons le pas de soldats nombreux et des ordres criés qui résonnent dans le désert de la gare.

Après un temps, la porte s'ouvre avec violence. Cette fois, l'odeur de pourriture vient du dehors, des wagons de tête où les cadavres ont été entassés. De là à dire que notre wagon sent bon…

Un officier est là, un nerf de bœuf dans une main, une torche dans l'autre. Il demande s'il y a des morts. Nous disons oui. Un. « Sortez-le. » Nous le portons jusqu'à la porte, et deux soldats l'empoignent sans doute pour l'emmener dans les wagons de tête. Puis l'officier nous force à nous serrer à un bout du wagon, laissant un tout petit espace vide, et il se met à nous compter : un coup sur chaque dos, et nous devons passer de l'autre côté.

Un coup, un homme.

Un coup.

Un homme.

Un coup.

Un homme.

Certains n'arrivent pas à ne pas crier. On a beau s'y attendre, on a beau s'y préparer, on ne se fait pas à cette douleur.

Un coup. Et encore un autre. Et un autre. Et autant d'hommes qu'on compte et qui changent de côté. Presque autant d'hommes qui crient.

Au bout d'un moment, tandis qu'il arrive à la quarantaine et que les deux groupes s'équilibrent, il se retrouve au milieu de nos deux moitiés, dans la demi-obscurité du wagon. Nous l'entourons, masse sombre, plus sombre que la nuit. L'image me traverse soudain de nous tous nous ruant sur lui, l'écrasant, le piétinant, le massacrant, le déchiquetant dans le noir et la confusion. Nos ongles ne déchireraient pas alors nos propres corps, nos doigts ne seraient pas pleins de notre propre chair, nos bouches pleines de notre propre sang. C'est bien lui, pas nous, que nous détruirions à coups de pied, de poing, de dents, c'est bien sur lui que fondrait l'horreur, l'abjection où ils nous ont plongés. Avec quelle joie je lui retournerais sa haine, avec quelle joie j'arracherais ces yeux, j'écraserais ce visage hideux qui ne peut s'empêcher d'éructer un « sale juif » sur tel ou tel camarade qui le dégoûte plus qu'un autre tandis qu'il le fait passer de l'autre côté.

Et tant pis s'ils tirent ensuite dans le tas.

Mais cela reste une image dans ma tête, et nous ne faisons rien.

Le moment venu, je reçois mon coup dans le dos et passe dans l'autre moitié du wagon, docile et muet.

Nous sommes toujours soixante-douze.

La porte se referme.

Nous sommes presque soulagés de ne plus recevoir en pleine figure l'odeur de décomposition. C'est le tour du wagon suivant.

Dans le noir, nous réconfortons certains, plus âgés, que ce dernier coup, gratuit, sur des corps épuisés, a fait souffrir plus que d'autres. Puis nous essayons de nous allonger pour la nuit, nous calant tant bien que mal, nous emboîtant les uns dans les autres, tête-bêche dans ce grand lit commun, de douleurs partagées. Voilà longtemps que nous, la vermine du sol nous indiffère, même si nous ne pouvons pas nous habituer à l'odeur qui flotte encore dans le wagon et tout autour du train.

De là où je suis, j'ai la chance d'apercevoir une vague lueur à travers la lucarne. J'essaie de me persuader que c'est une étoile qui monte et que bientôt le ciel en sera éclairé.

Je suis surpris de me réjouir que nous n'ayons rien fait tout à l'heure, quand nous le pouvions, même sans espoir ; je me réjouis que l'image soit restée dans ma tête, que nous n'ayons pas piétiné la bête comme elle le méritait. Quoi que nous soyons, quoi que nous fassions, nous serons toujours plus forts qu'eux, car nous sommes plus humains. Bizarrement, je me dis que c'est notre souffrance qui nous empêche de leur ressembler, qui fait que nous ne sommes pas eux, que nous ne pourrons jamais l'être. Jamais ils ne connaîtront ce qu'ils nous ont fait subir. S'ils devaient le connaître, je crois – maintenant que l'alerte est passée – que je me battrais pour l'empêcher. Ce serait nous rabaisser à eux, et perdre tout ce qui nous reste.

Nous ne sommes pas eux.

Nous ne sommes pas eux.

La race des seigneurs. Jamais nous n'en serons.

Moi, je sais que je suis de la race de ceux qu'on frappe, de ceux qu'on massacre de toute éternité, ceux sur lesquels s'abat le fouet, tombent les coups, ceux qui crient au fond du gouffre, ceux qu'on torture jusque dans la mort, ceux qu'on nie, ceux qu'on abaisse mais qui se relèvent, ceux qu'on ploient mais qu'on ne brise pas, ceux qui restent debout au milieu des flammes, ceux qu'ils ne pourront jamais arracher à leurs cauchemars, ceux qui seront là jusqu'à la fin des temps pour leur rappeler que nous ne sommes pas eux. Je ne sais pas ce qui restera de nous d'ici un jour, un mois, un an. D'ici un siècle. Quelle trace restera de ce qui nous arrive. Qui sera là pour le dire. Mais même s'ils essaient de nous effacer, nous serons là, plantés au milieu d'eux. Je serai de ceux-là qui ne les quitteront plus, de ceux-là qui leur rappelleront à tout jamais que nous ne sommes pas eux. Que nous ne sommes pas de la même race, pas de la même espèce. Que nous résisterons toujours à ce qu'ils sont. Même morts. Surtout morts. Je veux être ce qui leur résiste, même mort, et ne jamais leur ressembler. Je veux l'être. Je le suis. Et je m'endors, vaguement bercé par un flot d'images qui me reviennent comme d'un vieux livre.

La mer monte tout à coup, et de la mer un cri d'enfant. Je me penche au bord du bateau ; je vois l'enfant ridé, hideux, défiguré, et j'entends sa plainte qui monte du gouffre. Son cri, la mer, une seule rumeur, et moi je voudrais le tirer de l'abîme, malgré l'horreur qu'il m'inspire. Je ne sais pas qui il est. Je ne sais pas pourquoi il crie. Je sais seulement que je voudrais le tirer de l'eau, pour qu'il cesse de crier, et que j'entende à nouveau la mer, comme autrefois, sans cris, sans larmes. Je voudrais entendre la mer qui monte sur la plage de mon enfance. Je voudrais la voir monter et que l'enfant n'y soit plus. Mais l'enfant se débat au fond du gouffre, dans la mer. Et dans la mer, une ville en flammes, et je vois son corps qui se tord. Je vois sa bouche qui grimace. Il a cent ans. Il a mille ans. Je ne sais pas son âge, mais je sais qu'il crie et se tord dans cette ville qui brûle au fond de la mer, et je voudrais qu'il n'y soit plus. Je voudrais qu'il n'y ait plus de ville, plus d'enfant, plus de flammes. Je frappe la mer. Je frappe la ville en flammes. Je frappe le visage de l'enfant. L'eau se trouble, mais le visage revient toujours, et la ville, et les flammes, et la mer. Je frappe, mais le visage revient, le visage grimace, et les flammes au fond de l'eau. Le visage revient et le cri au fond de l'eau. Mais la mer se retire, et emporte le cri. Le cri se retire avec la mer, et les flammes avec la mer. Il n'y a plus que la plage et le sable. L'enfant a disparu, et les flammes avec la mer. La plage est revenue. Et le sable sur la plage. Mais la plage est couverte d'herbe. L'herbe recouvre le sable mouillé, par touffes, par mottes, par plaques immenses, immondes. Il n'y a plus de plage. Il faut marcher sur l'herbe au milieu du sable mouillé.

Je hurle face à cette plage pleine d'herbe, cette plage décomposée, cette plage que l'herbe efface. Je voudrais de nouveau marcher sur le sable humide, sentir les vaguelettes durcir sous mes pieds. Mais il n'y a plus qu'un champ d'herbe et de sable, un champ de sable détrempé couvert d'herbe. Je m'allonge dans l'herbe et le sable, et je pleure sur la plage perdue. Je dors d'un sommeil affreux. Mais je dors en sachant que je dors. Je dors pour oublier la plage perdue, la mer perdue, l'enfant perdu qui criait dans la mer, dans les flammes, dans la ville sous la mer.

Je me réveille ; le jour est là depuis longtemps. Il doit être sept ou huit heures. En fait, je me moque de l'heure. Je profite des mouvements du train qui s'est remis en marche. Je m'accroche au bruit des roues, devenu étrangement amical. Je voudrais retrouver le sommeil, un sommeil sans rêve, un sommeil qui m'arracherait aux rêves. Et j'entends le bruit des roues.

Shlof, shlof, bruit des roues dans ma tête.

Shlof, shlof, bruit des roues sur les rails.

Dors, me dit le chant qui monte. Dors, me dit le chant sans rêve. Dors, dors, ton père va au village. Dors, dors, il te donnera une pomme. Et ta tête sera guérie. Et ta tête sera guérie.

Dors, dors, il te donnera une noix.

Et ton pied sera guéri.

Et ton pied sera guéri.

Dors, dors, il te donnera un oiseau.

Et tes yeux seront guéris.

Et tes yeux seront guéris.

Ça roule toujours, dans le chant, hors du rêve, ça roule et mon cœur déborde. Il faut que je me réveille. Il faut que je me réveille. Mais les roues roulent, et les mots coulent, pire que des larmes. *Wejn nischt, wejn nischt, klejner josem.* Ne pleure pas, ne pleure pas, petit orphelin. Garde tes larmes dans ton malheur. Garde tes larmes comme des diamants. Tu en auras besoin un jour. *Wejn nischt, wejn nischt, klejner josem.* Mes paupières pèsent, mes yeux sont pleins. Mes yeux sont lourds. Mes yeux ont mal. Il faut que je les ouvre.

Un camarade me regarde. Au début je crois que c'est encore l'enfant du rêve. Mais il me tend un morceau de tissu, chiffon, relique de chemise ou de mouchoir. Je m'aperçois que j'ai le visage trempé. Je devine que j'ai pleuré, et j'en ai honte. Moi qui ai vu tant d'horreurs en si peu de temps, j'ai honte d'avoir encore pleuré, d'avoir pleuré dans mon sommeil. Mais le camarade me sourit et je remballe mon pauvre orgueil pour essayer de lui sourire en retour. Après tout, cela aussi nous différencie de nos gardiens. Nous, nous pleurons, nous pleurons comme des enfants, nous pleurons comme criait l'enfant de mon rêve, nous pleurons jusque dans notre sommeil, nous pouvons encore pleurer, encore faire des rêves, des cauchemars, faire des rêves que nous ne comprenons pas, nous souvenir de berceuses qu'on croyait oubliées, et pleurer d'avoir rêvé. C'est ça aussi qui fait que nous ne sommes pas eux. Ou bien pleurent-ils aussi ? pleurent-ils encore ? Pensent-ils encore à leur mère ? à leur père ? Je n'y crois pas. Hier matin, l'un d'entre nous, un jeune, a appelé un soldat par la lucarne, il l'a supplié d'aider un plus vieux qui se mourait, lui a demandé de se souvenir de son père, de l'aider au nom de son père, de lui donner de l'eau, de sauver ce vieux qui mourait et qui pourrait être son père. Mais l'autre lui a répondu en mauvais français : « Moi plus de père. Vous le tuer. »

Pour lui ça suffisait.

Il n'avait plus de père. Plus besoin de s'en souvenir. Plus besoin de se souvenir de rien. Plus besoin de penser à rien. Il n'avait plus de père, peut-être plus de mère. Et ça lui suffisait.

Et moi, que devrais-je dire ?

Mais je ne veux pas penser à mes parents.

Heureusement, c'est mon tour d'aller à la lucarne. J'en profite pour me concentrer sur quelques inscriptions que je vois défiler. Tout est déjà en allemand, et pourtant nous sommes en France. Du moins dans ce qui était la France. Nous avons dû passer Metz. Avec l'air qui entre, j'en profite pour me « rafraîchir » un peu, malgré la chaleur qu'il fait déjà, de nouveau. Je ne peux pas m'empêcher de penser que j'ai mal choisi ma saison pour me faire prendre, moi qui n'ai jamais aimé la chaleur, sauf au bord de la mer. Mais la mer est loin ; elle n'est plus que dans mes rêves, et la mer brûle dans mes rêves.

De nouveau, et malgré notre nombre plus réduit, malgré les trous percés aussi dans le wagon, l'asphyxie nous menace. S'y ajoute cette fois l'angoisse de savoir ce qui se produira si ça recommence. Pour éviter que l'air ne soit trop vite vicié et que la folie nous reprenne, nous gardons nos vêtements sur nous, ou plutôt les loques que nous avons pu récupérer à Révigny. Elles retiendront notre transpiration. Jamais l'expression « Chat échaudé… » n'aura eu plus de sens. Nous sommes plus échaudés qu'aucun chat, et ce qui bout c'est notre sang dans notre cervelle affaiblie.

L'un de nous, pourtant, pour exorciser la peur qui nous prend, ou simplement pour nous calmer, s'est mis à raconter des histoires. Comment peut-il faire ? Comment peut-il encore raconter des histoires ? Son répertoire semble inépuisable. J'admire au moins la mémoire de cet homme, et sa force de caractère qui, du fond de l'abîme, parvient à captiver le troupeau que nous sommes devenus. Je me demande jusqu'à quand il tiendra, tandis que je l'écoute, aussi docile que tous mes camarades. Nous tous, qui sommes si âgés déjà, quel qu'ait été notre âge avant de monter dans ce train, nous voilà en train de l'écouter comme des enfants qui se rassurent dans le noir. Est-ce que cela suffira à nous tenir en vie ?

La réponse viendra plus tard ; nous arrivons dans une gare et le conteur se tait.

Quelqu'un dit : « Sarrebourg ! »

J'entends : « Strasbourg ». Et j'ai le cœur serré à l'idée de la frontière si proche.

Le train reste immobile et je ne comprends mon erreur qu'une demi-heure plus tard. Les hurlements de deux Allemands nous font nous bousculer pour tenter de voir ce qui se passe : au-dessous de la pancarte Sarrebourg, deux officiers se sont pris violemment à partie. Nous n'en croyons ni nos yeux ni nos oreilles, mais cela nous met en joie. Si les Allemands se mettent à se hurler dessus…

Peut-être vont-ils finir par s'empoigner ? On se prend à l'espérer.

On aimerait bien savoir ce qu'ils se disent, et ceux des nôtres qui parlent le mieux leur langue essaient de nous traduire. Mais ils ont baissé la voix, soudain conscients de notre existence. On rigolera une autre fois… Et très vite la bonne humeur retombe tandis qu'on repense à la chaleur qui monte. Seules les coiffes de la Croix-Rouge que certains ont aperçues font qu'on ne sombre pas aussitôt.

Et l'on a raison de ne pas sombrer.

Car alors que certains, démoralisés, expliquent que ça va recommencer comme le premier jour, à Soissons, que le supplice va recommencer comme le premier jour, qu'on va nous faire croire à nouveau à d'hypothétiques bonnes âmes pour s'occuper de nous, alors la porte s'ouvre.

C'est extraordinaire.

Il y a devant nous trois femmes en uniforme d'infirmières.

C'est donc qu'on va prendre soin de nous, vraiment ? C'est donc qu'on pense encore un peu à nous ? qu'on existe encore un peu ? qu'on ne nous a pas encore totalement oubliés ?

La porte s'est ouverte, et l'espoir est entré d'abord. Mais ce qu'on voit très vite dans les yeux de ces femmes fait peur. Car ce qu'on voit, c'est ce que nous sommes devenus.

Nous nous voyons dans leurs regards incrédules.

Nous voyons ce que nos gardiens ont fait de nous ; nous le voyons mieux que si nous nous regardions dans un miroir.

À Révigny, nous n'avions rien vu. Nous étions trop épuisés, trop effarés, nous revenions de trop loin pour pouvoir nous regarder vraiment, ou pour regarder vraiment ceux qui nous regardaient sans comprendre. Et la pluie n'avait pas aidé. Mais dans ces six yeux braqués sur nous, c'est la vérité de ce que nous sommes devenus qui nous regarde, et nous sommes capables de la regarder en face.

Ça ne dure qu'un instant. Le temps de se dire qu'il aurait mieux valu ne rien voir.

Ça ne dure qu'un instant, mais ça nous saute dessus.

Et l'on voudrait fermer les yeux. Nous comme elles.

Elles voudraient fermer les yeux pour ne plus voir l'horreur de ce qu'on a fait à ces hommes que nous sommes. Que nous étions.

Nous voudrions fermer les yeux pour ne plus voir l'horreur de ce que nous sommes devenus.

Mais il faut garder les yeux ouverts.

Alors nous gardons les yeux ouverts. Elles comme nous.

Et ce qui nous aide à garder les yeux ouverts, c'est ce qu'il y a dans les bassines posées sur le quai derrière elles. De la soupe. C'est-à-dire de l'eau, avec dedans de quoi manger. Un peu. Ce qui nous manque depuis vingt-quatre heures.

Alors évidemment, nous ne regardons pas longtemps les yeux des infirmières. Nous ne nous regardons pas longtemps, leurs yeux effarés. Nous regardons très vite les bassines derrière elles, et ce qu'il y a dedans. Tant pis pour ce qu'elles ont vu. Tant pis pour ce que nous avons vu. Nous allons boire et manger un peu. C'est tout ce qui compte.

Et la distribution commence.

Ça prend du temps de nourrir tant de misérables. Mais le temps, nous n'avons que ça. Alors nous attendons, presque patiemment. Mais quand vient notre tour, c'est la joie qui l'emporte, une joie bruyante, violente, féroce. Une joie cruelle.

On se croirait dans une kermesse de fin d'année, pleine d'enfants qui se bousculent autour des stands, tendant la main vers les mères débonnaires – une kermesse terrible, monstrueuse, d'enfants décharnés, tendant la main non pas vers des bonbons, pas vers des sucreries dont ils ne sauront peut-être plus jamais le goût, mais vers ces drôles de cornets en carton qu'on leur donne en retour et dont ils s'emparent avidement. Des cornets pleins d'une étrange mixture dont ils se régalent sans réfléchir.

Bien sûr, on aimerait mieux quelque chose qui rafraîchisse, quelque chose qui ne rajoute pas encore de la chaleur à la chaleur qui nous tue déjà, à celle qui fait que des cheminots grimaçants jettent des pelletées de chaux sur ce qui suinte des wagons de tête. Mais on mange quand même, on boit, on suce le carton. On avale tout.

La soupe est épicée. Elle est trop chaude. Elle donne soif. Mais c'est de la soupe. On en redemande.

On crie.

On appelle pour que ça continue.

On crie. On dit Encore.

Mais c'est en vain.

On le savait, bien sûr. Les Allemands ne nous feront pas ce cadeau.

Ils bousculent les infirmières, referment brutalement les portes, pressés de partir. Partir et qu'on en finisse.

Alors, tandis que le train reprend lentement sa marche, on voit ces femmes tendre des éponges trempées d'eau, nous les tendre derrière les barbelés du grillage, les tendre à nos mains avides qui voudraient les saisir, nos mains que la vitesse rend bientôt inaccessibles.

Et les voilà qui courent, hallucinées, tendant leurs éponges, les voilà qui courent, désespérées, comme si nous étions Celui-là auquel elles croient peut-être, semblables à des moniales avec leurs grandes coiffes, Celui-là qui pleurait tordu sur sa croix, implorant par la voix de David, poussant son dernier cri comme un chant lancinant : à quoi m'as-tu abandonné ?

À quoi m'as-tu abandonné ?

Ce chant que les roues reprennent avec leur battement monotone. Ce bruit des roues comme un chant de David.

Esther entre dans la première cour.

Esther entre dans la deuxième cour.

Esther entre dans la troisième cour.

Esther entre dans la quatrième.

Proche est l'angoisse, pas de secours. De nombreux taureaux me cernent.

Contre moi bâille leur gueule, lions rugissant et lacérant.

Comme l'eau, je m'écoule et mes os se disloquent.

Ma force est sèche comme un tesson.

Ma force, et ma bouche. Comme un tesson. Brûlée par la soupe. Brûlée par la soif. Brûlée par l'angoisse. Et ma langue sèche. Comme un tesson. Ma langue dure dans ma bouche. Plus dure que mon cœur ne le sera jamais.

Les roues roulent sur les rails. Je me retiens de froisser le cornet de carton maintenant vide. Je sens déjà que j'en aurai besoin. Que tout est utile à qui n'a plus rien que des mots dans la tête, quelques souvenirs, quelques phrases qui reviennent.

Je ferme les yeux et laisse les phrases tourner. Ma tête est une caverne qui résonne. J'essaie de m'y tenir sans bouger, de ne plus penser à rien, et surtout pas à cette soupe trop épicée qui donne si soif, cette soupe qui me torture et que réclame mon ventre, et tout mon corps. Je suis au fond de ma caverne. Il fait chaud. J'étouffe. Et tout à coup de l'air entre. Mais ça ne dure pas. Comme je suis loin de la lucarne, je garde les yeux fermés. Il n'y a plus rien à voir. Nous avons passé Sarrebourg. L'Allemagne n'est plus loin.

Alors je reste dans ma caverne. J'essaie de rattraper mes phrases. Ma force comme un tesson. Ma bouche sèche. Pas de secours. Et de nouveau un grand courant d'air qui entre. De l'air frais dans ma tête. Pas de secours.

J'ouvre les yeux, il fait complètement nuit. Je ne comprends plus rien. Je ne pensais pas m'être endormi. Mais les heures tournent et tout se mêle... Et puis le jour revient tout à coup comme après une éclipse. Je suis tellement engourdi que je mets du temps à comprendre que nous passons simplement une série de tunnels. En voilà vite un autre ; on a l'impression que le train accélère quand il l'aborde. Le chauffeur penserait-il un peu à nous ? Après tout, pourquoi pas ? À moins que le chef de train ne lui ait seulement demandé d'aller plus vite, pour fuir l'odeur que nous traînons après nous.

Mais on ne fuit pas sa conscience, qu'elle pue ou qu'elle embaume.

Je me moque de moi-même qui suis encore capable d'avoir de telles idées, de telles formules en tête. Une tête bourrée d'un bric-à-brac impossible, ce fardeau que m'ont légué mes maîtres. Ou bien un leurre pour moins souffrir ? J'aimerais tant faire le ménage. Vider la caverne pour de bon. Qu'il n'y ait plus que du vide et de l'air frais.

L'air frais, pourtant, est resté derrière nous, dans les tunnels. Sous le soleil qui tape, nous reprenons notre allure ordinaire – une allure de corbillard, cette fois le cliché s'impose seul ; et la caverne n'est pas plus près d'être vide que les wagons de ce train.

Quitte à faire le malin, je décide de me repasser tous les départements et tous les chefs-lieux pour entretenir ma mémoire. Ça m'occupe un moment et je me réjouis d'y arriver si bien, tout en me disant que décidément cela ne m'aura pas servi à grand-chose, d'avoir retenu tout ça. Si je dois mourir bientôt, je n'aurai pas connu le dixième de ces régions ; et encore, une bonne partie de ce que j'aurais vu, ça aura été les armes à la main ou dans la clandestinité, autant dire sans rien en voir vraiment. Pour moi, l'essentiel s'est résumé à des « points » stratégiques sur des plans : postes de la Gestapo, bureaux de la milice, entrepôts de munitions allemands, caches du réseau, fermes amies, fermes ennemies, villages douteux, mairies suspectes, cures tout à fait ou à peu près sûres, boulangeries relais, épiceries à éviter, ou vice-versa. J'ai ma petite carte à moi, avec mes hauts lieux très humbles ou mes monuments de l'horreur. Il est probable que les prochains arrêts seront tous dans cette catégorie.

Du coup, c'est presque par pure curiosité géographique qu'à la gare suivante je demande un peu trop fort si quelqu'un sait où nous sommes. Après avoir cherché un moment, le camarade à la lucarne répond : Haguenau. Et un autre précise aussitôt : environ 40 km de Strasbourg.

40 km. Le compte à rebours a commencé. Cette pelote qu'on voulait dévider au plus vite, on va bientôt en voir le bout.

On n'est plus sûr de le vouloir.

On aimerait bien attendre la nuit ici.

Je ne sais rien d'Haguenau, mais je sais que c'est du bon côté du Rhin. C'est tout ce que j'en veux savoir et c'est ce qui me plaît ici. Évidemment, et pour une fois, le train repart presque aussitôt. Il est clair qu'ils sont pressés d'arriver. De se débarrasser une bonne fois pour toutes de nous et de notre odeur. De l'odeur de leur crime.

Alors, pour faire tourner la machine, faute d'arriver à faire le vide dans ma caverne, j'essaie d'évaluer la vitesse du train et le temps qu'il nous faudra pour atteindre Strasbourg. Comme je suis loin de l'ouverture, je fixe les ombres qui défilent sur le côté droit ; je départage comme je peux les arbres et les poteaux, j'imagine la touffeur des uns, la finesse des autres, je trie le bon grain de l'ivraie. Comme j'ai les yeux grands ouverts, et presque hagards, et que je demande à mon voisin la distance qu'il peut y avoir entre deux poteaux électriques, je m'aperçois qu'il me regarde inquiet. Je comprends tout d'un coup qu'il me croit fou, qu'il pense que la folie du premier jour va me reprendre, et peut-être d'autres avec moi. Que peut-être ça va recommencer.

Je le rassure et lui explique mes petits calculs.

Un sourire traverse rapidement son visage.

Il me dit qu'il est instituteur dans un petit village de la Nièvre. Bêtement, nous nous serrons la main comme dans un rendez-vous mondain, ce qui fait revenir le sourire furtif sur ses lèvres. Il a dû avoir la même idée que moi. Deux fous sont dans un train ; l'un d'eux compte les ombres. Comment allez-vous ?

Du coup, il se met à compter avec moi. Il me dit qu'il se souvient avoir donné un exercice avec des mesures de poteaux électriques, et que la distance proposée était de 80 m entre chaque poteau. Il ne sait pas si c'est juste, mais ça lui paraît cohérent. Je lui dis qu'à moi aussi, ça paraît possible. On se décide pour 80 m. On n'a rien à perdre. Comme ni lui ni moi n'avons de montre, et comme finalement ça fait partie du jeu qu'on vient d'inventer, on se partage le travail : lui comptera les secondes et moi les supposés poteaux. On se donne cinq minutes pour avoir une moyenne correcte.

Le jeu commence. Un. Deux. Trois.

Nous nous appliquons comme deux écoliers au tableau. Je ne peux pas m'empêcher de le lui dire, et l'idée l'amuse suffisamment pour le déconcentrer et nous obliger à tout recommencer.

De nouveau, d'imaginaires secondes défilent dans sa tête, tandis que mes yeux scrutent les ombres qui passent comme en courant et que je veux croire des poteaux : dix, quinze, vingt poteaux, je me concentre mais je ne peux m'empêcher de repenser à cet autre compte que nous faisions il y a quelques heures, quand c'était des vivants qui s'inscrivaient en creux des morts. Mais je tiens bon ; je chasse l'image, ou plutôt je l'installe à sa place, près de moi, silencieuse, m'accompagnant dans mon décompte à moi, me laissant faire sans rien dire, juste menaçante, mais moi je tiens, trente-deux, trente-trois, je compte des poteaux, je compte du temps, trente-neuf, je compte de la vie, ce qui nous reste de vie, quarante et un, ce qui nous reste d'espace avant de passer de l'autre côté, quarante-deux, quarante-trois, et quand il me dit « stop », quand il arrête son chronomètre intérieur sur nos cinq minutes, je viens de dire « quarante-quatre ».

Soit un train de voyageurs dépassant en 5 minutes environ 44 poteaux distants approximativement de 80 m chacun, quelle est la vitesse raisonnablement envisageable de ce train ? Vous ne tiendrez pas compte du nombre de morts que comporte chaque wagon.

Je n'aurais pas dû me laisser distraire, car tout d'un coup je n'y suis plus. Mais le sourire de mon camarade éclaire cette fois tout son visage : « Nous faisons du 41,3 km/h ! » Je souris à mon tour. Si ma tête à moi ne s'est pas vidée, j'ai aidé mon voisin à retrouver un peu de sa vie d'avant. Je le félicite chaleureusement pour la rapidité et la précision de son calcul, avouant piteusement être resté sur le bord de la voie (si seulement c'était vrai).

Forts du résultat trouvé, nous nous demandons alors depuis combien de temps nous avions quitté Haguenau quand nous avons commencé notre compte. Et nous en concluons que, si nous ne nous arrêtons pas entre-temps, nous devrions être à Strasbourg dans moins d'une demi-heure.

La nouvelle ne nous ravit pas. J'aimerais qu'il se soit trompé.

Mais un instituteur, un hussard noir, même tombé de cheval, ça ne se trompe pas. Dans moins d'une demi-heure, nous serons de l'autre côté du Rhin.

De l'autre côté.

Le pire est que notre petit calcul n'a pas laissé nos camarades indifférents. Tout le monde savait très bien que c'était pour bientôt, mais pouvoir ainsi chiffrer le temps qui nous reste avant la frontière rend la chose plus évidente, presque palpable. Oui, bientôt nous pourrons toucher ça, nous serons là-bas, nous finirons par y mettre le pied, que nous soyons encore debout ou pas. À cette idée, qui nous accompagnait depuis le début mais qui tout d'un coup s'est lestée d'un poids de réalité insupportable, quelque chose se brise définitivement.

Du coup, une bousculade commence, sans gravité mais malgré tout pleine d'une angoisse confuse : tous tant que nous sommes, nous sentons qu'il va être bientôt trop tard ; nous voulons regarder une dernière fois notre pays, même les quelques étrangers qui sont parmi nous et pour qui la France restera peut-être la dernière patrie. Chacun accroche son regard sur ce qu'il peut, avant de laisser la place au suivant, attrape un morceau de toit, un arbre, un coin de route, un champ, un fossé, et les plus chanceux une église dont le clocher se dresse, un peu moins triste que tout le reste. Moi, je vois ce que j'aurais aimé ne pas voir : deux femmes au seuil d'un pont, qui nous regardent en levant la main, deux femmes qui disent au revoir à cette masse informe du train où elles devinent les hommes que nous sommes, et sentent les cadavres qui nous accompagnent, sinon ceux que nous serons peut-être ce soir, peut-être demain. Le mouchoir qu'elles ont sur la bouche, ce n'est pas pour pleurer. Mais la main qu'elles agitent me suffit.

Cédant la place à un camarade qui me presse un peu violemment, je me faufile le long de la paroi ; je ferme les yeux, j'emporte cette main qui flotte encore derrière mes paupières.

À Strasbourg, le train ne s'arrête pas, et c'est tant mieux. Il s'engouffre rapidement sur le pont de Kehl, du moins d'après ce qu'en dit l'un des nôtres qui semble s'y connaître.

Nous entendons les roues résonner dans le vide.

Imperceptiblement, une voix entonne une *Marseillaise* que reprennent bientôt vingt, trente, soixante-douze autres voix qui tremblent, puis ne tremblent plus, veulent ne plus trembler, comme nos jambes qui d'un seul coup se tiennent, veulent se tenir debout, au-dessus du vide, entre la France et cet autre pays, entre la France et ce pays que les Alliés détruiront bientôt, nous en sommes sûrs.

Car ils le détruiront.

Nous savons qu'ils le détruiront. Juste après ou juste avant qu'eux ne nous aient détruits, mais ils le détruiront. J'arrive à peine à m'en réjouir, tandis que notre chant enfle, s'amplifie démesurément, gronde plus fort que les roues du train et le roulis du fleuve. Si fort que l'on pourrait croire que tout le train chante avec nous. Et tout le train chante avec nous.

Nous chantons comme des fous.

Comme des désespérés.

Nous chantons pour rien.

Comme meuglent les bêtes.

Oui, nous chantons bêtement ce chant que j'ai toujours détesté puis appris à aimer aux pires moments, et celui-ci est le pire. Nous chantons à tue-tête ce chant devenu notre seul havre, le seul abri où nous retrouver tous ensemble. Nous chantons « comme un seul homme », vraiment, formons une seule voix, un seul corps souffrant. Nous ne sommes plus qu'un, suspendu au-dessus de ce vide où l'on entendrait bouillonner le Rhin si le train s'arrêtait, si notre chant s'arrêtait. Mais le Rhin emporte l'écho de ces roues dans le vide qui étouffent celui de nos voix.

Le vrombissement du pont s'est éteint, et notre chant avec lui.

Et voilà que cet homme seul que nous étions ensemble, debout dans le wagon, s'assoit presque d'un coup et pleure, comme un enfant. Voilà que tous ces hommes sont des enfants qui pleurent. Ridiculement unis dans les larmes après l'avoir été dans le chant.

On n'y peut rien. Personne n'y peut rien. Personne ne se retient.

Est-ce que dans les autres wagons ils ont craqué aussi ?

Il faut longtemps avant que les corps se tassent à nouveau, en silence, et que les spasmes cessent.

Le train continue sa course.

Tout le monde se tait.

Le paysage défile sans nous.

Depuis plusieurs heures, il n'y a plus personne à la lucarne. Il faut dire que la nuit est là.

Il n'y a plus rien à voir que l'obscurité anonyme. Mais l'air manque moins. La puanteur se fait moins pressante, bien qu'il fasse toujours aussi lourd. Nous nous allongeons comme nous pouvons, prêts à passer notre troisième nuit dans ce train.

C'est alors qu'un orage éclate, auquel nos gorges sèches, brûlées, douloureuses, auquel nos pauvres corps ne croyaient plus. Un orage. De l'eau. De l'eau de nouveau après tout ce temps.

Le ciel ne nous a pas tout à fait oubliés.

Pas le Ciel des livres, celui avec une majuscule, celui qui fait le malin, qui parade encore dans la tête de certains, mais le ciel des nuages, le ciel qui mouille, le ciel des trombes qui sauvent, le seul auquel nous croyons à présent.

Auquel moi je crois.

Je ne sais pas pour les autres.

Je ne sais plus pour personne sauf pour moi.

Ce que je sais aussi, c'est que tout le monde se lève, même ceux qui avaient commencé à dormir.

Nous avons retenu la leçon de la pluie d'avant-hier, et nous comprenons quel instinct nous a fait garder précieusement, sans savoir, les cornets en carton de la Croix-Rouge. Grâce à eux, nous recueillons l'eau qui goutte miraculeusement, par toutes les fentes, par tous les trous creusés dans le désespoir et la folie du premier jour. Des trous où l'on croit parfois reconnaître la marque d'une dent.

Par chance, les camarades de ce wagon-ci ont réussi à les élargir plus habilement que nous ne l'avions fait dans mon premier wagon. Avaient-ils plus de méthode ? étaient-ils mieux outillés ? ou ont-il simplement profité d'un bois plus tendre, moins sec, moins vieux ? Toujours est-il que l'eau coule goutte à goutte, qu'on la voit couler, qu'on voit le cornet se remplir tandis qu'elle coule. Si rapide qu'on soit à la boire, on a le temps de savourer ce bonheur de la voir couler avant de la boire, de voir s'emplir un petit fond que nos mains et nos yeux peuvent chérir avant que notre gorge l'aspire d'un coup et qu'on recommence à tendre la main vers le toit ou la paroi. Certains, même, n'hésitent plus à passer le bras dehors : rien ne se passe, aucun coup de feu, que de l'eau qui coule et le cornet qui se remplit, que cette joie incroyable de boire encore un peu, et encore, et encore. Il pleut tant que les soldats ne pensent plus qu'à se protéger.

À moins qu'ils ne soient las de nous torturer.

Cela, pourtant, est peu probable.

Pour la première fois depuis des heures, j'ai froid. Pour la première fois, je m'endors sans avoir soif.

Je dors.
Je ne rêve pas.
Je suis nulle part.

Je me réveille avec le soleil qui s'arrache des champs trempés par la nuit. Je me lève et me faufile parmi les corps de mes camarades. L'un d'eux, le seul que je vois debout, et qui peut-être ne s'était pas couché, me laisse sa place à la lucarne et va s'allonger où j'étais. Dans la grisaille du jour naissant, j'ausculte cette terre inconnue. La campagne passe sous mes yeux, puis des maisons aux couleurs indistinctes. L'Allemagne. Ça ne ressemble à rien de ce que j'attendais, à rien de ce que j'avais imaginé. Étrange impression de ne pas être à ma place.

À ma place… Me reste-t-il encore une place ?

Nous arrivons dans une gare. Les camarades ne bougent pas, comme s'ils avaient décidé de ne pas se réveiller dans ce pays haï. Dieu sait pourtant que nous aurions aimé ne jamais le connaître. Mauvaise rencontre tant redoutée.

Ce que je croyais une gare n'en est plus tout à fait une. Seul à la lucarne, je regarde le hall dévasté par les bombes, les quais défoncés. Je ne peux m'empêcher de savourer ce désastre comme une petite victoire personnelle que cette aube sinistre m'accorde, à moi qui suis debout quand les autres dorment encore. Quand ceux des wagons de tête dorment pour toujours.

Non. Ils ne dorment pas. Ce sont encore des mots.

Ils pourrissent.

Je m'efforce de ne penser qu'aux ruines.

Sur un panneau qui ne tient qu'à un clou je lis : Karlsruhe. Je sais que Karl veut dire Charles. Je sais que *Ruhe* veut dire Tais-toi. Je le sais pour l'avoir entendu dire si souvent à nos geôliers qu'incommodaient nos plaintes.

Drôle de ville qui s'appelle Tais-toi Charles.

Nous dépassons la gare et les ruines succèdent aux ruines. Une pensée soudaine me traverse, que si nous arrivions à sauter du train nous pourrions peut-être nous y cacher, dans ces ruines. Pensée inutile. Espoir inutile. À rayer de la carte, comme ces maisons. Nous sommes définitivement en Allemagne et tout cela n'a plus de sens. Ces maisons dévastées, je me dis maintenant que c'est d'abord notre propre corps, notre propre ruine, et la tristesse se mêle à la joie que j'éprouvais d'abord. La guerre est près de sa fin, mais nous aussi. Je me regarde mourir dans ce paysage en morceaux, dans cette ville à terre qui m'en rappelle tant d'autres. Je m'étonne à présent de ce sentiment de familiarité, si différent de ce que je sentais tout à l'heure. Il m'aura fallu tout ce temps, toute cette souffrance pour le comprendre. Peut-être ne sommes-nous en rien différents de ceux qui habitent cette terre. Rien ne ressemble plus à une ruine qu'une autre ruine. Rien ne ressemble plus à un corps brûlé qu'un autre corps brûlé, à un corps décapité qu'un autre corps décapité, à un corps sans vie, sans parole, sans mouvement, qu'un autre corps inanimé.

Me revient tout à coup le visage de l'homme de la rue des Saussaies.

Impossible, pourtant, d'y penser bien longtemps ; quelque chose vient frapper le wagon à quelques centimètres de mon visage. Avant que je comprenne, un caillou cogne le barbelé puis m'atteint en pleine joue. Je me baisse d'instinct avant de comprendre que c'est un groupe d'enfants qui me regardaient ; ils profitent d'un court arrêt du train pour lapider les ennemis de l'Allemagne. J'entends leur cri, je l'entends sans y croire : « Juden ! Juden ! Alle ins Krematorium. » Et des pierres tombent sur les camarades allongés que je regarde accroupi, la joue en sang – deux, trois, quatre pierres qui frappent la paroi opposée, rebondissent puis retombent avec un bruit sec, suivi d'une plainte. Heureusement le train repart aussitôt, laissant le flot de haine se déverser sur les wagons suivants. Du coup les camarades sont réveillés. Je suis le plus touché. Les autres n'ont presque rien, qu'une grosse bosse qui les arrache à ce mauvais sommeil où ils se réfugiaient.

Ma joue me brûle, juste au-dessous de l'œil. Mon voisin écarte mes mains pour regarder la plaie.

– Ça n'a pas l'air profond.

– Le barbelé a ralenti le tir.

– Salauds de boches.

– C'était des enfants.

– Salauds de boches.

– Oui.

Il attrape un mouchoir qu'il avait laissé pendre à un crochet du toit. Le tissu est encore trempé de l'orage de la nuit. Il en fait une compresse dont l'humidité et le froid apaisent un peu la brûlure de ma joue.

– Merci mon vieux.

– Salauds de boches.

– Oui.

Il ne sait dire que ça. Je ne sais que répondre. Au fond, je suis d'accord.

Et dire que j'avais commencé à m'attendrir sur eux. Ça m'apprendra.

Entre eux et nous, rien de commun, c'est ça que me redit cette pierre.

Entre eux et nous, de la pierre et des ruines. Du sang et des ruines. Que ça. Rien d'autre. Ou bien si ?

Tandis que je rumine ma colère, contre eux, contre moi, contre le sort qui s'acharne, tout le wagon s'ébroue, comme si l'heure avait sonné pour notre dernier jour à tous. Car je comprends, et avec moi tous ceux qui défilent, à tour de rôle et prudemment, à la lucarne où je me tenais tout à l'heure, je comprends à me remémorer ces ruines que ce jour-ci sera notre dernier dans le wagon. Nous approchons de la fin du voyage.

Le train file à présent le long des rails. Plus personne pour le ralentir, plus de résistants, plus d' « attentats ». Plus rien qui puisse l'arrêter dans sa course.

Il y a bien encore quelques gares, quelques arrêts techniques, mais on sent que c'est pour bientôt. On passe Stuttgart, Augsburg, d'autres pierres jetées, d'autres cris de haine. Des poings tendus. Des visages tendus. Mais aussi quelques-uns qui se détournent gênés – au dire d'un camarade que je n'ai pas envie de croire.

Quand revient mon tour de regarder, il doit être plus de dix heures. On passe une ville, aux grands murs jaunes, des murs pleins d'inscriptions dessus, de panneaux, d'affiches à n'en plus que faire. Plus de ruines, hélas. Que ces grandes lettres qui ne me disent rien, sauf un mot perdu ici ou là, un nom égaré dans ma mémoire. L'inquiétude du début me revient à lire ces phrases étranges. Je ne comprends rien à cette langue qui pourtant chante dans la langue de mes pères.

Le sang sur ma joue a séché et fait croûte.

Dans le wagon, on ne meurt plus depuis Bar-le-Duc, comme si la mort avait pris son dû le premier jour, comme si la mort n'avait plus faim, se contentait de peu. Contrairement à nous. Car nous, nous avons toujours faim – rien mangé depuis la soupe d'hier –, soif – malgré la pluie de la nuit –, cette faim, cette soif, qui ne nous quittent plus depuis le premier jour. Nous avons faim, soif, nous puons presque autant que les charognes qui nous accompagnent, mais nous vivons toujours.

Je regarde mes camarades. Je les regarde pour me souvenir de ce jour-ci, ce dernier jour, pour ne jamais oublier à quoi nous ressemblons au bout de ce voyage. Dans la demi-clarté du wagon, je vois ces têtes hirsutes, ces regards vagues, ces yeux grossis démesurément, je vois ces corps délabrés. Ces débris que nous sommes devenus.

Que vont-ils faire de nous ? Que peuvent-ils faire de nous ? Rien à en tirer. Nous ne servons à rien. Nous ne sommes plus rien. Des fantômes. Déjà, nous nous effaçons. Déjà nous ne sommes plus là.

München. Munich. Midi passé.

Mon anniversaire.

Le train attend.

Le train recule.

Le train repart.

Toujours rien à manger.

Encore une heure de route.

Quelqu'un parle de Dachau.

Le train s'arrête.

Oui, c'est écrit Dachau.

La porte s'ouvre dans les hurlements des hommes et les aboiements des chiens.

Aujourd'hui j'ai vingt-deux ans.

Est-ce cette grosse bougie qui fume, là-bas, qu'il me faudra souffler ?

Aujourd'hui j'ai vingt-deux ans, et je ne suis pas tout à fait mort.

Ouvrage réalisé par Cédric Cailhol Infographiste
Achevé d'imprimer en mai 2010
sur les presses de CPI France Quercy (Mercuès)

Dépôt légal : septembre 2010
N° d'impression : 00831/
ISBN : 978-2-8126-0163-7

Imprimé en France